Diário de Estela

DiáRio de EStela

Quero minhas asas!

Stern & Jem

Tradução

Ivana Mihanovich

JANGADA

Coordenação editorial: Manoel Lauand

Editoração eletrônica: Estúdio Sambaqui

DADOS INTERNACIONAIS DE CATALOGAÇÃO NA PUBLICAÇÃO (CIP)
(CÂMARA BRASILEIRA DO LIVRO, SP, BRASIL)

Stern

Diário de Estela : quero minhas asas! / Stern & Jem ; tradução Ivana Mihanovich. -- São Paulo : Jangada, 2014.

Título original: Diario de Estela : a por mis alas!

ISBN 978-85-64850-68-2

1. Ficção - Literatura infantojuvenil I. Jem. II. Título.

14-05958   CDD-028.5

Índices para catálogo sistemático:

1. Ficção : Literatura infantil 028.5

2. Ficção : Literatura infantojuvenil 028.5

Jangada é um selo da Editora Pensamento-Cultrix Ltda.

Direitos de tradução para o Brasil adquiridos com exclusividade pela
EDITORA PENSAMENTO-CULTRIX LTDA.
Rua Dr. Mário Vicente, 368 — 04270-000 — São Paulo, SP
Fone: 2066-9000 — Fax: 2066-9008
E-mail: atendimento@editorajangada.com.br
http://www.editorajangada.com.br
que se reserva a propriedade literária desta tradução.
Foi feito o depósito legal.

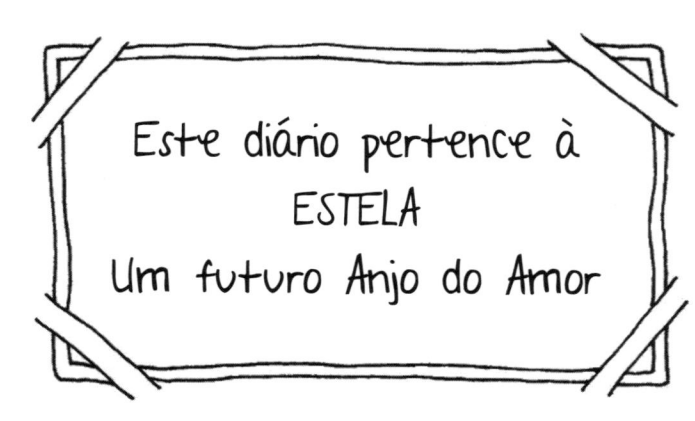

Este diário pertence à
ESTELA
Um futuro Anjo do Amor

Dia terrestre: 15 de Maio, 18:00 horas
Calendário celestial:
3ª era do milênio lunar

Olá a todos!

Ai!... Estou emocionada! Hoje começo meu diário, porque preciso deixar registrado tudo o que acontecer! Sabem, é que logo mais estarei em missão secreta! Que frio na barriga!... Ops!, mas antes de começar com as notas da missão, eu deveria me apresentar, he he...

Eu me chamo Estela e sou um futuro Anjo do Amor. Bom, ainda não sou um anjo completo... Mas serei logo logo!

E por isso hoje começo este diário. Não que ele vá fazer com que seja possível eu me tornar um verdadeiro Anjo do Amor, mas, em todo o caso, com certeza vai me ajudar a documentar a missão que tenho a cumprir...

Psiu!... Não digam a ninguém, mas...

QUERO ASAS!

Bom, não umas asas quaisquer; quero umas SEN-SACIONAIS asas de Anjo do Amor!

Ai, já estou até me vendo... Ficaria perfeita com elas! Acho que, se eu me esforçar muito, com certeza vou consegui-las, porque, até agora, no instituto Nuvens Altas, tenho sido uma estudante excelente. Pega meio mal que eu mesma diga isso, mas sempre cumpri todas as tarefas com boas notas. Só que agora é a vez da parte prática... glup!

A verdade é que isso me assusta um pouco, porque, até este momento, era só estudar e estudar e, agora, vou ter que pôr em prática tudo o que aprendi...

Acima de tudo, me assusta a possibilidade de acabar na Grande Torre do Nuvens Altas!

Que destino terrível!

O que acontece é que, se um anjo não consegue suas asas, aqui em cima não o aguarda uma vida muito animada: os que não as conseguem, passam a vida preenchendo papéis nas oficinas celestiais. Affff, que tédio! Vocês conseguem se imaginar oito horas diante de um pergaminho?! Eu não me vejo: sou um anjo de ação, acabaria dormindo em cima da mesa...

Sou um anjo que quer se dedicar a ajudar os corações puros a encontrarem sua metade da laranja e, assim, poder usar minha magia para que dois olhares se cruzem, para que dois cotovelos se esbarrem sem querer, para que duas pessoas se olhem ternamente... Ah, claro, mas isso tudo sem transgredir as regras da Magia do Amor, que são...

Aiii!! Gente, que tarde!! Nem percebi! Logo vai anoitecer e eu ainda não consultei as listas de tutores! Bom, mais adiante continuarei contando, certo?

Nos vemos daqui a pouco!

Dia terrestre: 15 de maio, 19:00 horas
Calendário celestial:
3ª era do milênio lunar

Aiiii, estou tão impaciente, esperando as listas! E tão nervosa que, sem perceber, papei num minuto cinco rosquinhas de Creme de Nuvem!... Então, antes que eu acabasse com todo o estoque da cafeteria, voltei a escrever no diário.

Para ser mais fiel ao meu estudo dos humanos, estou usando uma caneta, em vez de uma pena, mas a verdade é que ainda não peguei o jeito... É que, aqui, todas as anotações são feitas com umas penas feitas sob medida por um mestre chamado Celeste. São

muito confortáveis e, como são mágicas, a tinta nunca acaba! Mas como eu adoro colecionar objetos humanos e aprender a usá-los, aqui estou, com minha caneta nova. Já já eu pego a manha...

Olhem só, este é meu querido instituto:

Não é lindo? Eu acho demais!...

Além do mais, tem muitos ambientes e... tem de tudo! Meus lugares preferidos são:

— A deliciosa cafeteria Torrão de Açúcar.

— Uma biblioteca Celestial e, outra, Terrestre, que também é muito importante: tem as melhores novelas e filmes humanos de todos os tempos — imprescindível!

— O Observatório Celestial.

— A Aula de Teletransporte, que nos conecta (nós que ainda não temos asas) com o resto das escolas celestiais e com a Terra.

— E tem um Ginásio! Onde, além de praticarmos nossos esportes, como: Voleibol Enfeitiçado, Tênis Fugaz, Basquetebol Mágico etc., é um lugar muito especial, pois é ali que ajudamos as Novas Estrelas a ocuparem um lugar no firmamento, através da prática de um dos meus jogos preferidos: Lançamento de Estrelas.

Explico: quando as Novas Estrelas nascem, são lindíssimas, mas não conseguem se locomover sozinhas... Por isso, durante um tempo, através de um jogo muito divertido, as ensinamos a se colocarem no céu. São su—

permacias e estão tão quentinhas, que é uma delícia segurá-las nas mãos! Além do mais, são muito simpáticas e adoram que as lancemos, **morrem de rir!** Seu objetivo é conseguir agarrar-se ao teto do Ginásio; quando conseguem, significa que estão prontas para a gente deixá-las ir (dá um pouco de pena, quando a gente já as conhece bem...).

Porém, meu lugar preferido são as colunas externas. Nos dias de chuva na Terra, adoro me esconder entre elas para poder ver as tempestades de perto (embora muitas vezes acabe tomando um susto, porque sempre tem algum engraçadinho da Ordem dos Raios e Trovões que se dedica a mandar alguns bem nos nossos pés!).

Que mais posso contar pra vocês? Os primeiros anos no instituto são muito fáceis mas, mais para frente, quando escolhemos nossa especialidade, temos que estudar muito... Isso me lembra que tenho que mandar uma mensagem aos meus amigos, faz muito tempo que não os vejo... U_U

Adoro ir com eles na cafeteria, tomar chocolate quente com nuvens de morango! Hummm! É uma delícia! Vocês nunca experimentaram? É chocolate derretido, bem quentinho, com nuvens dessas balas de goma molinhas, e é muito divertido, porque, enquanto você vai tomando, as nuvens vão desmanchando e o sabor das coisas se mistura. É o máximo!

Mas agora não vou tanto... Faz um tempo, meus amigos escolheram outras Ordens e agora só fico sabendo deles pelos a—mails (a de anjo) que trocamos...

Tomara que um dia chegue minha vez de fazer uma missão com eles!... Tenho tantas saudades!...

Xi, já é quase hora! Tenho que ir correndo ao pátio da entrada, antes que os corredores fiquem lotados de anjos tão impacientes quanto eu!

Beijosss!

> Dia terrestre: 15 de maio, 20:00 horas
> Calendário celestial:
> 3ª era do milênio lunar

Ai, meu Deus! Por que comigo?!
Mas o que será que eu fiz para ter
tanto azar?!

Mais de vinte tutores destinados a examinar os anjos da Ordem do Amor: Samuel, Ismael, Daniel... E pra mim... Pra mim tinha que cair justamente JOEL! Brrrr!... Só de falar seu nome já tenho arrepios... É que ele também é conhecido como o tutor "Te deixo sem asas porque sou tão exigente que comigo ninguém passa".

É injusto! Os últimos da lista
caíram com o Joel... Mas se ele sequer
foi meu professor durante todo esse
tempo!... Isso não tá certo!...

Pelo que me contaram, a prova é bastante fácil, ou
isso é, pelo menos, o que pretendem todos os tutores:
dão tarefas simples aos alunos e, normalmente, em
uma semana quase todos já têm suas asas. Porém,
em compensação, os que são examinados pelo JOEL
terminam na Grande Torre e, como se fosse pouco,
sem asas! (Aqui no céu esses anjos são conhecidos como
"Sem Asas".)

Dizem que ele é um dos melhores da Ordem do Amor
e, como é tão exigente consigo mesmo, é também
com todos os seus alunos... Na prova final, mais
de setenta por cento dos Sem Asas foram
alunos dele!...

Talvez eu devesse ter escolhido a Ordem dos Elementos Naturais ou a dos Planetas... Nelas, todos os tutores são bonzinhos, **não como JOEL...**

Acho que já posso esquecer as minhas asas... Sniff... sniff... Gostaria de ser mais positiva, mas... Enfim... Vou ter que visualizar o mundo humano na minha bola mágica para não pensar mais nele...

Não, melhor não... Eu iria ficar mais nervosa ainda ao imaginar que algum dos humanos que aparece nela poderia ser meu objetivo na missão secreta... Melhor mesmo é ir dormir: minha cabeça está girando... Além do mais, quem sabe não seja tão ruim...

O que estou dizendo?! É muito pior!...

Amanhã tenho a entrevista. Logo contarei para vocês como foi!

Boa noite (se é que vou conseguir dormir O__O)!

Doces sonhos.

Dia terrestre: 16 de maio, 8:00 horas
Calendário celestial:
3ª era do milênio lunar

Não posso acreditar! Saí correndo para o encontro com meu tutor sem nem tomar café da manhã e, no fim das contas, ele ainda não apareceu!...

Com a fome que estou... Não comi meus donuts nem tomei meu copo de leite com chocolate... Grrrr... Ele já perdeu um ponto, somados aos cem pontos NE-GATIVOS que tem pela sua má fama... Isto está começando mal...

É que, esta manhã, tudo está dando errado. Ontem estava tão nervosa que não consegui pregar o olho até

bem depois da meia-noite e, claro, quando finalmente consegui, acabei profundamente adormecida. Tanto que não levantei até quinze para as oito! E, como vim com tanta pressa, carregando alguns de meus trabalhos para mostrá-los ao Joel (fazem parte da minha pasta:

Nada menos que quatro rolos
de pergaminho inteirinhos!

E, apesar de serem de papel, pesam mais do que parece...), não pude comer nada no café da manhã! Aiiii, francamente, estou péssima...

Bom, pelo menos não estou esperando sozinha. Estou com outros quatro alunos que acho que estão mais apavorados do que eu diante da perspectiva de ter o Joel como tutor: a verdade é que mal falam, só conseguiram me dizer "oi" quando cheguei e estão tão pálidos que parece que viram um fantasma!

Grrrr... Que fome! Estou quase indo tomar café e ele que me espere... Quem ele pensa que é? O fato de ter asas e ser um dos melhores anjos da Ordem não lhe dá o direito de nos manter aqui, esperando eternamente!...

Rrrronc! Estão ouvindo? Sim, é a minha pobre

barriga que precisa muito daqueles bolinhos tão bons que fazem na cafeteria Torrão de Açúcar. Nham, nham... Já estou vendo aqueles pasteizinhos glaçados com estrelinhas prateadas, ao lado de doces madalenas e biscoitos cobertos de geleia...

Ai, acho que vou desmaiar... E seu eu sair correndo um minuto para comprar alguma coisa para comer? Não vou demorar muito, né? Ah, também, o que ele vai poder me dizer? E se disser algo, eu vou dizer que ele chegou atrasado primeiro.

Volto já já ^_^!

Dia terrestre: 16 de maio, 9:00 horas
Calendário celestial:
3ª era do milênio lunar

Ainda bem que fui tomar café, porque ele ainda não se dignou a aparecer! Mas, pelo menos, estou com a barriga cheia e mais bem-humorada.

Trouxe uns pasteizinhos ao pessoal que espera comigo, mas estão todos tão nervosos que não quiseram nem experimentar um pedacinho...

Hum... Acho que estou ouvindo passos ao longe... Sim, sim, sim... Glup! Aí vem ele...

Não parece muito severo... Será um bom sinal?

Desejem-me sorte!

Um abraço!

Dia terrestre: 16 de maio, 10:30 horas

Calendário celestial:

3ª era do milênio lunar

Querido diário:

JOEL é demais!

Sim, sim, vocês leram certo:

Joel é FANTÁSTICO!

Ha ha, não sei como pude acreditar nas bobagens que falam dele. A verdade é que as pessoas falam demais...

Deixa eu contar como foi:

Quando chegou, pediu desculpas pelo atraso e nos explicou que vinha de uma missão oficial imprevista. Então, nos fez entrar, todos os cinco, e nos serviu um copo de leite e uma seleção de biscoitos e docinhos variados... **Estavam deliciosos!** (sim, eu sei que tinha acabado de comer, mas é que não consegui resistir... **Hummmm!**)

Depois, ele pediu que ficássemos à vontade na sua sala de estar e, um por um, foi nos chamando ao seu escritório. Fiquei um pouco chateada por ele ter me deixado por último, mas valeu a pena. Além do mais, fui ficando mais tranquila durante a espera: ver todos saírem do escritório do Joel, tranquilos e sorridentes, fez com que, quando ele me chamou, eu estivesse bem calma.

Quando entrei, ele me cumprimentou amavelmente e me contou que tinha se informado a meu respeito e que tinham dito que eu era uma das melhores da minha classe. Viu meus trabalhos e me disse que estava impressionado com as minhas qualificações e que eu não devia me preocupar; que, para mim, a missão seria "mamão com açúcar"... Morri de vergonha com seus elogios e, acima de tudo, me senti péssima por ter pensado que queria outro tutor...

Joel me perguntou por que eu queria ser um Anjo do Amor e, quando expliquei, desatou a rir, dizendo que eu o fazia lembrar de si mesmo, quando era mais jovem, e que estava certo de que eu conseguiria superar a prova sem problemas. Alucinei, de tão bem que foi a reunião!

E, então, veio o melhor de tudo: ele me explicou a missão! Pediu-me que, no prazo de três semanas, eu consiga que dois humanos APS declarem mutuamente seu amor.

Apenas que declarem seu amor?!

Isso é superfácil! Não pude acreditar na minha sorte!

Não sei o que significa "APS" e, como Joel pensa que sou ótima estudante, preferi não perguntar e consul—

tar mais tarde na biblioteca. De qualquer forma, será um detalhe sem importância...

E agora vou contar pra vocês as regras que não posso esquecer para levar a cabo minha missão. A infração de uma delas me transformaria imediatamente num "deles"... Um "Sem Asas"! Mas isso estou certa de que não acontecerá.

Aí vão:

MISSÃO APS LOVE

Regras que não posso esquecer:

1. É proibido, sob qualquer pretexto, utilizar a magia para manipular os sentimentos de um coração puro. (Sem problemas: jamais faria isso.)

2. Um anjo jamais deve se mostrar em sua forma real. (Moleza! Sou muito boa na camuflagem.)

3. Durante o período da prova, deve-se evitar mais de duas visitas diárias à Terra, pois os alunos não dispõem da energia suficiente e poderiam adoecer.

4. As provas devem realizar-se individualmente. Se for detectada uma ajuda complementar de outro aluno, isso significaria a desqualificação de ambos.

5. Todo aluno deve ater-se ao tempo limite. Se ultrapassar esse período, ficará desqualificado e perderá qualquer possibilidade de obter as asas.

(Joel disse que vai me sobrar tempo, tranquilo ^_^)

O que vocês acham? Pois é o que eu estava dizendo, que o Joel é sensacional.

Bom, vou deixar vocês agora, pois tenho que buscar o significado de "casal APS" na biblioteca e, acima

33

de tudo, informar-me mais sobre os humanos a quem devo fazer declararem seu amor: Nick e Emma.

Let's go, Estela!

Dia terrestre: 16 de maio, 17:00 horas

Calendário celestial:

3ª era do milênio lunar

Lembram que disse a vocês que o Joel era ENCANTADOR? Pois retiro isso TOTALMENTE!

A verdade é que ele é MUITO, MAS MUITO MAU! Se não fosse, como explicar que tenha me enviado a uma missão APS?!

Acontece que, depois de comer, dirigi-me tranquilamente à biblioteca (como Joel tinha me dito que eu

não demoraria muito para realizar minha missão, antes quis passar numa loja da Ordem do Amor e comprar um broche maravilhoso, para usar quando me formar. Vou desenhá-lo para vocês...).

Vocês gostam? Eu adoro!

Bom, como estava dizendo, cheguei na biblioteca e pedi ao anjo encarregado dos livros sobre temática do Amor, que me buscasse toda a informação sobre casais APS. O garoto suspirou, resignado, como se tivesse pena de mim e, em seguida, me perguntou:

— Você é aluna do Joel, não é?

Eu, muito orgulhosa, sorri e disse que sim, toda boba. Ele me fez esperar um bom tempo, até que voltou e me deu um livro pequeno, coberto de pó, de apenas quinze páginas. Olhei para ele, esperando que me trouxesse mais livros, mas ele me disse:

— Querida, isso é tudo que há sobre casais APS.

— Mas... mas... Como é possível? — respondi.

Com a voz cansada, ele acrescentou:

— Porque quase ninguém tem escrito sobre isso. Sinto muito. Enfim, espero que você tenha mais sorte que os anteriores... E agora, se você me dá licença, parece que há uns anjos que estão me chamando naquelas estantes adiante. Adeus, gatinha.

Agradeci, ainda pasma e sem entender muito bem sobre quê ele estava falando, e me dirigi a uma das mesas. Então, comecei a procurar e, em pouco tempo, descobri o que significava "casal APS"... São as iniciais de "Amigos Para Sempre"!

Mas como ele pôde fazer isso comigo?! Tantos elogios e agrados e ele me dá uma missão que, segundo consultei no WikiAngel, só CINCO POR CENTO dos aspirantes consegue superar!

Acontece que os humanos que estão inscritos no registro APS devem ter um coração e um amor muito fortes e puros, para saírem dessa categoria e declararem seu amor.

Naturalmente, o livro dizia que, além de ser muito complicado, esse tipo de missão requer anos de trabalho e paciência... Mas eu SÓ tenho TRÊS SEMANAS! Não está certo isso! É uma missão de nível SUPERMEGAHIPERAVANÇADO!

Ainda pensando que poderia ter havido algum erro, voltei correndo ao escritório do Joel. Ele não estava,

39

mas tinha deixado um bilhete pra mim, o espertinho. O bilhete dizia:

"Querida Estela,

Sinto muito. Essa é a sua missão e você não pode fazer nada para evitá-la, nem trocá-la, nem nada de nada. Eu estou fora, numa tarefa de assuntos oficiais. Não tente me encontrar. E, claro, reclamar com outro tutor não vai te adiantar nada... Lembre-se que sou eu que decido. Olhe pelo lado positivo: por acaso não é uma missão excitante? Ah, vai, não perca mais tempo e comece logo a trabalhar. E, acima de tudo,

RESPEITE AS REGRAS!

Sorte (você vai precisar)!
Atenciosamente,
Seu querido tutor,
Joel

P. S.: Você não tem curiosidade em saber como é que eu sabia que você viria? Ha ha ha... Já tem outro mistério para resolver."

Foi ler o bilhete e, na minha frente, começou a formar-se um redemoinho no ar. Morta de curiosidade e hipnotizada, fui pouco a pouco chegando mais perto e, de repente, ouviu-se um pequeno estalo que me fez estancar (que susto tomei!). O redemoinho desapareceu e, em seu lugar, surgiu uma ampulheta suspensa no ar. Segurei-a nas mãos e vi que na base estava escrito:

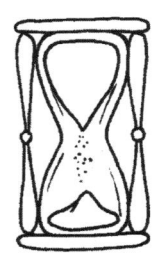

"Aluno: Estela. Missão: APS Love"

Lógico que era obra dele para me deixar ainda mais nervosa! Como pode ser tão... tão... aaargh! Mas, querem saber o que eu acho? Que pretendo conseguir e

que nem ele nem ninguém vai se interpor entre minhas asas e eu! Não vou fraquejar. Ele não me conhece; quando enfio uma coisa na cabeça, não há quem me segure. Mesmo que ele tente, não conseguirá me deter. Meu nome é Estela (futura Anjo do Amor) e aí vou eu, PELAS MINHAS ASAS!

Tchau!

Dia terrestre: 16 de maio, 20:30 horas
Calendário celestial:
3ª era do milênio lunar

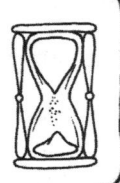

Ainda não jantei... Acho que estou começando a ficar tonta, de tanto trabalhar. Faz mais de três horas que estou juntando informações sobre meu casal APS!

Não posso perder nem um segundo!

Uma das coisas que me ensinaram nas aulas é que todo trabalho deve ser bem documentado, de modo que vou passar a limpo todas as minhas notas antes de descer à Terra para investigar, amanhã.

Nome do sujeito APS—1:

Emma Smith

Data de Nascimento:

14 de Janeiro

Série e escola:

8ª ano na Escola Madison

Aparência: cabelo loiro, curto e olhos castanho-claros

Altura: 1,6 m. Tipo físico: normal.

Hobbies: leitura, cinema, passear, cuidar de animais e estudar muito.

Como é vista pelos seus amigos: amável, responsável, boa estudante e MUITO tímida.

Relação com o sujeito APS—2: amigos desde a infância. Vivem no mesmo bairro e se conhecem desde a creche. Nota-se que o sujeito APS—2 aproveita-se frequentemente dos conhecimentos escolares do sujeito APS—1.

Nome do sujeito APS-2:

Nick Flinn

Data de Nascimento:

15 de Julho.

Grau e escola:

8ª ano na Escola Madison

Aparência: cabelo castanho, curto e olhos verdes.

Altura: 1,7 m. Tipo físico: atlético.

Hobbies: videogames, cinema (especialmente filmes de ficção científica), esportes e estar sempre rodeado de gatinhas.

Como é visto pelos seus amigos: alegre, simpático, piadista e um pouco largado nos estudos.

Relação com o sujeito APS-1: amigos desde a infância. Vivem no mesmo bairro e se conhecem desde a creche. Nota-se que o sujeito APS-1 tende a desculpar as loucuras do sujeito APS-2, que demonstra um grande afeto e carinho, além de um forte instinto de proteção em relação ao sujeito APS-1.

Estou feliz! Pelo menos tenho alguma informação! O mais complicado que observei esta tarde durante minha investigação é que Emma está sempre no mundo da Lua, com suas novelas românticas e, enquanto ela é feliz lendo num canto do pátio, Nick sempre está jogando basquete ou, no pior dos casos, passando o dia rodeado de garotas suspirando por ele...

Bom, com um gostoso sanduíche de queijo e um pouco de descanso, estou certa de que amanhã tudo vai me parecer mais "mastigado" (ai, que piadinha infame, ha ha!).

Boas e estreladas noites!

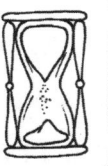

Estou detonada! Realmente, não consigo dar mais nenhum passo!

Agora entendo porque um anjo Sem Asas não pode ter missões na Terra: o desgaste de energia é terrível... Affff... Ainda bem que durante a prova os tutores nos dão um pouco de magia extra para facilitar a tarefa do transporte (embora, conhecendo o Joel, tenho certeza de que ele me deu só o mínimo permitido, sem dúvida!).

Desci à Terra às sete da manhã. Tenho seguido os passos dos meus sujeitos desde o amanhecer. Observei como acordavam, como tomavam café da manhã, e **(por sorte são vizinhos!)** como iam para o colégio.

A primeira parte do caminho eles percorrem sozinhos (hum... Seria um bom lugar para pôr em prática alguma coisa? Não sei não...), mas, dez minutos depois, juntam-se a eles uns garotos, Tommy e Kevin, e uma garota, Patty. A verdade é que todos eles mantêm uma relação de amizade de primeiro grau (que, em termos terrestres, significaria uma amizade muito sólida) com Nick e Emma; então, pelo menos, não vão interferir na minha missão!

No colégio, Emma e Nick estão juntos em quase todas as aulas, exceto na de educação física e no laboratório. E, no pátio, cada um vai pro seu lado (como eu já tinha percebido lá do céu).

Ao longo do dia, nada aconteceu que facilitasse uma declaração: fizeram uma prova, apresentaram um trabalho de literatura, outro de matemática, em duplas (não caíram juntos, **droga!**), e ensaiaram uma

música e uma peça de teatro para o final do ano (é uma pena que a Emma não queira atuar, porque o Nick faz o príncipe e **está fantástico!**).

No fim das aulas, Emma foi à biblioteca para fazer a lição de casa e para pegar novos livros (como se já não estivesse lendo o suficiente!) e depois voltou para casa. Nick, por outro lado, ficou no colégio para praticar basquete; depois foi ao parque ao lado da sua casa, bater um papo com os amigos e, mais tarde, voltou correndo pra casa, para fazer as lições, naquela pressa

À noite, os dois jantaram e viram um pouco de TV.

50

O único bom momento do dia do Nick foi que, antes do jantar, ele ligou para Emma para resolver suas dúvidas sobre as lições (como costuma fazer). De resto, nada de emocionante...

Isto vai me dar mais trabalho do que eu pensava... Mas tenho certeza de que vou ter alguma ideia. Além do mais, amanhã é dia de fazer algo que sempre tive vontade de fazer: buscar a Documentação do Amor!

Noites superdoces!

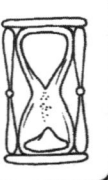

Dia terrestre: *18 de maio*

Hora: *19:00*

Contagem regressiva: *19 dias terrestres*

Descobri! Descobri! Já falei pra vocês que descobri?... Desculpem, é que... estou super feliz! Acho que encontrei um jeito genial de fazer com que eles declarem o amor que sentem um pelo outro!

Mas vamos por partes. Esta manhã, depois de observar com meus binóculos mágicos como repetiam a mesma rotina de ontem na hora de irem para a escola, fui aos lugares básicos da Documentação do Amor: uma videoteca, uma biblioteca e uma loja de revistas especializada em HQ (tá bom, essa última vocês podem

52

dizer que não era necessária, mas eu adoro as histórias em quadrinhos dos humanos e, além do mais, de vez em quando acabam sendo muito úteis!).

Para poder fazer tudo isso, me transformei numa garota humana de vinte anos, já que eu não queria parecer nem muito velha, nem jovem demais (vai que não me deixassem entrar em algum lugar). Foi muito divertido! Nunca tinha passeado disfarçada entre os humanos e o melhor de tudo é que passei por uma humana normalíssima e ninguém me descobriu! Foi bárbaro! O que vocês acham do meu disfarce? No começo não sabia me mexer direito dentro desta roupa, não estou acostumada...

Bom, como estava dizendo, passei o dia lendo novelas de amores impossíveis (um anjo lê cem vezes mais rápido que um humano, por isso pude ler todos os clássicos em poucas horas), chorei com os filmes mais lindos na videoteca (até a mulher da recepção acabou me dando um lenço de papel, quando me viu chorando cataratas... Que vergonha!... Espero mesmo que o Joel esteja bem longe e não me veja neste estado...). E, finalmente, fui a uma loja de HQ e... bom, o dia foi "quase" perfeito, exceto porque, justo ali, uns garotos me tiraram um "tiquinho" do sério...

É que, depois de me deliciar olhando todas as coisas que têm nessa loja (adoro os bonecos de super-heróis... Será que algum dia alguém vai fazer bonecos colecionáveis das minhas aventuras? Ha ha, que bobagem!...) e de dar uma olhada em todos os mangás Shoujo que pude (pra quem não sabe o que

54

são mangás Shoujo, explico: são gibis japoneses dirigidos exclusivamente ao público feminino. São sensacionais e tãããão, mas tãããão românticos!...), vi uns bonequinhos de anjo e fiquei babando, de tão bem-feitos que eram... Enfim, fiquei maluca olhando-os, pois todos os anjos tinham asas incríveis... Aiiiiii, eram iguaizinhas às que EU quero conseguir!

Bom, como estava contando, eu estava diante da vitrine, olhando os anjos, fascinada, quando, de repente, uns garotos me deram um empurrão e me afastaram da vitrine. Como fui pega de surpresa, tropecei numa pilha de revistas num canto e...

ploft!

Caí de cara no chão. Literalmente, me estabaquei! Aiii... Até agora minha cabeça está doendo!

Os garotos nem se tocaram do que tinham acabado de me fazer: continuaram olhando os bonequinhos de anjos. Não deviam ter mais que dez anos. Um deles, o mais alto dos três, era ruivo e parecia que tinha uma alcachofra no lugar do cabelo; outro era loiro, magro feito um palito e com o cabelo tão pontudo que parecia que podia furar alguém de verdade, de tão espe-

tado (devia ter posto um pote inteiro de gel!). Parecia um ouriço! E o terceiro era moreno, usava um boné e era muito baixinho pra sua idade.

Lá do chão eu disse, irritada:

— Vocês poderiam ter um pouco mais de cuidado, não?

O terceiro, sem nem se virar, disse pro Cabelo de Alcachofra e pro Ouriço:

— Vozê ouviu alguma coiza?

Ouriço, dando uma risadinha, fez que não com a cabeça

Mas, pera lá! O que esses fedelhos estavam pensando?! Me jogaram no chão e, ainda por cima, ficaram rindo da minha cara, como se eu não pudesse ouvi-los! Ah, tenha dó!...

Levantei do chão e falei pro Zês (o baixinho, que trocava todos os sons de "S" por "Z"):

— Dá licença... Vocês acabam de me jogar no chão e o mínimo que podiam fazer é me pedir desculpas, né?!

Então, Cabelo de Alcachofra, sem desviar a vista dos anjinhos, respondeu, com uma voz nojenta:

— Poderíamos, mas não vamos. Dá um tempo, que queremos comprar um desses bonecos...

Como assim não vão?! Quem eles pensam que são para tratarem os outros desse jeito?!

Fiz um esforço, respirei, me acalmei, e disse a eles:

— Desculpem, mas acho que não entenderam o que significa o que vocês acabaram de fazer. Talvez seja que...

Zés se virou pra mim e, com olhar de desafio, me respondeu:

— Olha, zenhora, ze a zenhora caiu, é porque não tem eztabilidade, não vem contar hiztóriaz pra zima da gente... Poiz não, não vamoz noz dezculpar... E ze continuar noz perturbando, vamoz comezar a chorar dezconzoladamente até que a minha mãe venha. E aí vamoz dizer que a zenhora é uma velha maníaca por gibiz e que noz ameazou.

— Mas isso não é verdade! Além do mais, sou uma garota! Como assim, "velha"?! Eu tenho só vinte anos! — exclamei, indignada.

Então, Ouriço interrompeu:

— É a nossa palavra contra a sua e, além do mais, a senhora já é velhinha para estar nesta loja. E, agora, se nos deixar em paz de uma vez, poderemos escolher uma vítima...

Mas que monstrinhos!... Nessa hora eu devia ter ido embora, mas, ao ouvir esse negócio de "vítima", meus pés congelaram. Ainda mais quando os ouvi murmurando:

— Eu acho que, quando a gente arrancar az azas zerá um brinquedo melhor para o teu cachorro, o "Bobby"... Arrancamoz az azaz para que ele não ze machuque e pronto, né? Pena que eztez não berrem, como faziam aquelez bonecoz que tínhamoz... — disse Zês.

Sério que eles pretendiam fazer isso com o boneco do anjo?! Fedelhos baderneiros!

Nesse momento não consegui mais me conter e fiquei em fúria.

— Perai! Como assim vocês vão arrancar as magníficas ASAS do anjo?! São lindas e, além do mais, vocês não sabem quanto é difícil ganhá-las!...

Pronto, tinha falado demais!... Mas é que não consegui ficar calada! Crianças chatas...

Cabelo de Alcachofra olhou pro Zês e disse:

— Acho que esbarramos numa louca que deve ter complexo de Anjo da Guarda ou algo assim... Vai, vamos

pegar logo uma vítima, senão vamos ficar o resto do dia aqui, discutindo com a velha...

— Não vou permitir! — exclamei, enfurecida, diante da terrível expectativa do que eles pretendiam fazer.

Então, o Zês começou a berrar a plenos pulmões:

— Manhêê!...

Na mesma hora uma mulher apareceu e dirigiu-se a ele carinhosamente:

— Fala, meu amor, você já sabe o que quer de aniversário?

De repente, o baixote transformou-se e, com olhos meigos de carneirinho, disse:

— Mamãe, zei que não merezo, mas adoro oz an-jinhoz e queria levar ezze, o que tem uma túnica... Ezta zenhora noz falou tão bem delez e foi tão amável que quero levar e cuidar dele em caza. Vozê acha bom, mama?

— Claro que sim, meu amor - respondeu amorosa-mente sua mãe.

Antes que eu pudesse impedir, a mãe tinha dado seu consentimento e o balconista já estava empacotando o anjo.

Ao sair da loja, o pequeno monstro se virou para mim e, com o anjo na mão, me olhou com malícia, enquanto arrancava uma das asas... Aiiiiiii! Doeu como se fossem minhas! E olhe que eu ainda nem tenho asas! Esta noite vou ter pesadelos, com certeza...

Espero não ter que cruzar de novo com humanos como esses... Ainda tremo de pensar em como esses moleques destroem as asas dos preciosos anjinhos... Ai ai, vamos lá, concentração, Estela, já passou...

Bom, onde é que eu estava?...

Ah, sim! Depois de juntar toda essa informação, detectei três momentos principais nos quais um humano acaba declarando seu amor:

— Quando o outro faz algo inesperado e isso toca seu coração (difícil, porque não posso manipular seus comportamentos...)

— Quando vão se separar por algum evento trágico e terrível (não quero que aconteça nada com eles! Descartado, portanto...)

— Quando um dos dois está muito assustado e tem medo de alguma coisa (boa ideia!)

E, dali a pouco, quando estava meditando sobre isso, vi um anúncio num cartaz de rua e descobri o que podia fazer... Sim, sim, vou criar uma situação de:

AVENTURA + SUSTO = DECLARAÇÃO DE AMOR GARANTIDA

Concordam que vai ser fácil?... Ah, vocês querem saber como eu vou fazer isso? Ha ha, deixa eu ajeitar umas coisas e logo conto pra vocês. Certeza que, em quatro dias, umas asas maravilhosas vão nascer nas minhas costas!

Um beijo, volto já já!

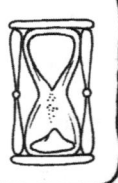

Dia terrestre: 20 de maio

Hora: 18:30

Contagem regressiva: 17 dias terrestres

Já estou preparada para a missão! Levei dois longos dias para conseguir todo o material, mas agora já tenho tudo:

— Dois ingressos para o novo parque de diversões

— Vou me transformar numa funcionária do parque

— O mapa do trem fantasma (atenção especial aos carrinhos e ao caminho que eles fazem)

— Voltarei a me transformar, dessa vez num monstro (ha ha ha, eu mesma me assustei quando ensaiei e me vi no espelho)

Acho que não esqueci nada. Bom, agora vamos rever o plano:

Hoje, na volta da escola, Nick e Emma encontrarão um ingresso na sua caixa de correio (vou deixá-los no lugar certo para que os encontrem assim que voltarem da escola). Vão vê-los e, como sempre, quando Nick ligar para Emma pedindo ajuda com as lições, vão falar sobre o novo parque de diversões e seus convites exclusivos.

Sem pensar duas vezes, vão marcar um encontro no sábado (é a data que está no ingresso). Passarão o dia no parque e, quando decidirem brincar na atração principal,

"OS VAGÕES DO TERROR"...
EU ESTAREI ALI!

Vou colocá-los num dos carrinhos, me transformarei num monstro mega monstruoso e, ao chegar na me—

tade do caminho, assustarei a Emma, que, lógico, vai buscar socorro nos braços do Nick. Vou parar o trem uns minutos e a apavorada Emma vai dar graças ao Nick por ele estar ali. Vão se olhar nos olhos e a barreira APS vai se romper, deixando espaço livre para os sentimentos que ambos escondem...

Surpresos, né? No fundo, quem sabe o Joel tenha razão e eu seja mesmo capaz de qualquer coisa. Será

que o julguei mal? Não, acho que não; por mais que eu acredite nas minhas habilidades, uma missão APS ainda é uma tarefa complicada demais para uma primeira missão como Anjo do Amor...

Bom, vou correndo deixar os convites, porque eles estão quase voltando pra casa!

Em breve conto como foi!

Beijinhos.

Dia terrestre: 20 de maio

Hora: 21:00

Contagem regressiva: 17 dias terrestres

Bom, dizer que tudo aconteceu como eu esperava seria mentir descaradamente. Mas ainda há esperanças. O plano sofreu um "incidente" inesperado, mas, ainda assim, não deixa de ser um bom plano.

Ao chegar em casa, os dois pegaram seus convites e os deixaram no lugar onde estudam. Nick ficou um bom tempo falando no telefone com seu amigo Kevin e, depois de desligar, ligou para Emma. A verdade é que, durante a ligação do Kevin, eu fiquei prestando mais atenção na Emma, que estava ouvindo música, do que na conversa do Nick com o amigo. Quanto à conversa

com a Emma, foi mais ou menos assim (para entender como escutei tudo vocês precisam saber que tenho um receptor mágico que me permite ouvir as duas partes de uma conversa ao telefone):

— Oi, Emma!

— Boa noite, Nick... Em qual exercício você se complicou desta vez? — respondeu Emma, dando risada.

— Porque você sempre imagina que tem alguma das lições da escola que eu não sei fazer? — perguntou Nick, fingindo indignação.

— Porque é sempre assim, meu querido Nick, ha ha ha

— Ha ha, sim, no fundo você tem razão, mas hoje não é nada disso. Na verdade, o Kevin já me ajudou com um exercício que não "se resolvia".

— Claro, certeza que a culpa era do exercício!... Então, a que devo a honra da sua chamada?

— Você recebeu um ingresso para o novo parque de diversões? — perguntou Nick, animado.

— Sim, recebi, e logo pensei em você.

— É para este sábado. Vamos, né?

Nesse momento, vocês não podem imaginar o enorme sorriso que se desenhou no meu rosto!

Mas a conversa não acabou aí, infelizmente.

— Você sabe que eu não gosto de parques de diversões – disse Emma.

Na minha cabeça, um alarme disparou. Em nenhum momento imaginei que um deles pudesse não gostar desses parques! Deveria ter checado isso antes! Se a missão já é difícil por si mesma, só faltava que eu criasse ainda mais dificuldades!

— Mas eu vou estar lá! Não tem nada pra ter medo, Emma! Eu te protejo! – contestou Nick

Nesse momento, recuperei a confiança nesse garoto... Embora só tenha durado uns dois segundos, porque então ele continuou:

— Além do mais, não estaremos sozinhos.

Não estariam sozinhos?! De que raios ele estava falando?!

– Como assim? – perguntou Emma, surpresa.

– Acontece que o pai do Kevin é o novo gerente do parque de diversões e deu pra ele ingressos exclusivos para este sábado. Engraçado é que ele não conseguia entender como eu podia já ter um... Bom, dá na mesma, o importante é que no fim vamos todos: Patty, Tommy, Sandra, Jessica e Kevin. Ah, vai, você não pode dar pra trás... Vamos nos divertir pra caramba! Além do mais, o pai do Kevin também deu vales para sorvetes e comida grátis! Vai, Emma... Sem você não será a mesma coisa...

– Tá, tá bom... Mas você já sabe que talvez eu não vá em todos os brinquedos... Morro de medo de altura...

— Não esquenta, eu te darei a mão em todos os momentos!

E, depois de se despedirem, desligaram. De todos
os trabalhos do mundo, POR ACASO, o pai de
um de seus amigos tinha que ser GERENTE DESTE
MESMO PARQUE! Se eu não soubesse que Joel não
pode interferir nessas situações, ia pensar que é obra
dele!

Mas tudo bem, não perco a esperança. Continua
sendo um tipo de encontro... E os carrinhos do trem
fantasma continuam sendo de dois lugares, portanto, meu Plano do Amor ainda pode funcionar. Tenho
certeza! Só falta um dia inteiro para o plano... Que
frio na barriga!

Nos vemos em breve!

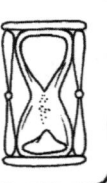

Dia terrestre: 21 de maio

Hora: 21:00

Contagem regressiva: 16 dias terrestres

Faltando poucas horas para a missão, enquanto eu estava seguindo atentamente os sujeitos APS e seus amigos, recebi uma carta do Joel. **Que cara de pau!** Olha o que ele disse:

"Bravo, Estela,

Fico feliz de ver que, em tão poucas horas, você já vá concluir tua primeira missão. Não pergunte como eu sei, pois não vou contar. Pena que um plano tão perfeito tenha tornado um encontro a dois numa saída de turma... Lembre-se que multidões não estimulam declarações... Mas

não quero aguar tuas esperanças. E, falando em água, leve um guarda-chuva: os Anjos do Tempo previram fortes chuvas amanhã.

Desejando tudo de bom, me despeço.

Teu querido tutor,

Joel

P.S.: Traz uma maçã do amor lá do parque. Adoro maçã do amor! (Não vai te ajudar com as asas, mas você ganhará pontos comigo...)"

Mas como ele pode me mandar um bilhete assim numa hora dessas?! Com o tanto que já estou nervosa!

Bom, tudo vai dar certo, Estela... Garantido que vai!... E, quanto ao Joel, se ele acha que vou levar uma maçã do amor... Vai esperando!

Um abraço.

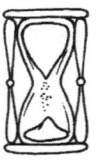

O passeio, mesmo sendo em turma, pra mim ainda é um encontro romântico e está se desenrolando maravilhosamente.

Desde que chegaram, lá pelas onze, Nick não largou a Emma. Nas poucas atrações em que tiveram que entrar em duplas, Nick cumpriu sua palavra e não deixou Emma sozinha em nenhum momento (que fofo!). Eles estão tranquilos e sorridentes. Teve uma hora em que percebi, inclusive, Emma ficando vermelha quando Nick lhe deu uma piscadinha. Não é o máximo?!

Os outros garotos são ótimos e, definitivamente, não estão interferindo na minha missão, ao contrário: acho até que estão criando um ambiente mais relaxado, então tudo poderá correr perfeitamente bem nos Vagões do Terror.

Faz um dia bastante bom, um pouco nublado, mas nada de chuva (ha ha, com certeza era um truque do Joel só para me desconcentrar ainda mais...). Hummm... Vejo que agora estão terminando de comer, então, melhor ir me transformar para estar pronta quando chegarem.

Let's go, love! 💕

Dia terrestre: 22 de maio

Hora: 17:00

Contagem regressiva: 15 dias terrestres

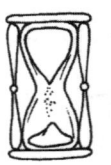

Está caindo um dilúvio! Ainda bem que o trem fantasma é coberto!...

No fim das contas o espertinho do Joel tinha razão com a tal previsão do tempo...

Finalmente, ao longe, vejo a turma chegando. Ufa, pensei que eles não viriam! Chegam correndo, com capas de chuva (mas que turma precavida!). Realmente, a capa vermelha da Emma é inconfundível, assim como a verde do Nick Perfeito! Acho que não

vieram todos, mas, contanto que venham o Nick e a Emma, não tem importância. Terei que ser rápida para fazê-los subir no carrinho. Daqui a pouco conto como foi!

Aiiii, estou quase ganhando minhas asas!

Beijosssssss

> Dia terrestre: 22 de maio
> Hora: 20:00
> Contagem regressiva: 15 dias terrestres

Um erro de cálculo! Foi tudo pro espaço por um odioso erro de cálculo! Vacilei: tudo estava perfeitamente planejado, tinha tudo sob controle, mas fui muito impulsiva...

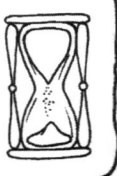

Como não percebi?!

Não desanime, Estela... Não dê tanta importância...

Recapitulemos. Onde eu tinha parado? Ah, sim! Os garotos estavam chegando, no meio da chuva

Antes de chegarem, me transformei numa garota humana com o uniforme de funcionária do parque. Aí, vi o rapaz encarregado de deixar passar as pessoas da fila e falei pra ele tirar uma folga, que eu ficaria no seu lugar enquanto isso (com o que ele concordou rapidinho, claro) e, então, ocupei seu posto.

Depois, usei um tiquinho de magia para que a fila se esvaziasse "de leve", por isso eles não tiveram que esperar (o trem andou mais depressa do que nunca!). Assim, quando chegaram onde eu me encontrava, já havia um carrinho pronto para eles.

Antes que tivessem tempo de escolherem os pares, fiz passar apressadamente a Emma e o Nick e, depois de colocar um cartaz dizendo "ATRAÇÃO EM MANUTENÇÃO", para que ninguém mais subisse, entrei correndo no túnel do terror. Me transformei num aterrorizante monstro com chifres, olhos sanguinolentos, dentes de vampiro, verrugas e garras, e me escondi.

85

Quando chegaram na plataforma central, percebi que estavam bem separados um do outro (e, diferente das outras atrações, nesta eles não estavam de mãos dadas), então, parei o trem e, usando uma voz fantasmagórica, saí pelo lado do vagão onde estava Emma e

UUUUUUUUUHHHHHHHHHHHHH!

A reação foi imediata: Emma se jogou em cima do Nick (que também tomou um susto, embora não fosse minha intenção, acho que assustei os DOIS) e o abraçou com força e, nesse momento, desapareci.

Tinha ajeitado tudo para que, depois desse susto, não houvesse mais monstros aterradores que interferissem na declaração de amor. Os carrinhos seguiam bem devagar. Os garotos, com o coração na boca, se abraçavam, no meio da selva de terror... Só restava esperar o bilhete do Joel, me cumprimentando pela minha façanha...

Saí do trem fantasma logo em seguida. Por sorte, tinha parado de chover, mas, de repente, notei que estava acontecendo alguma coisa, porque vi como, ao meu redor, as pessoas corriam assustadas. Crianças choravam, enquanto suas mães as levavam para longe dali. Mas não dei muita importância, porque já estava

me imaginando com minhas maravilhosas asas, esfregando na cara do Joel minha super performance...

E a verdade é que, sim, recebi uma comunicação do Joel, mas não exatamente a que me levaria diretamente ao estrelato com minhas sonhadas asas... Dizia:

"Pequeno aprendiz de anjo,

Sinto muito que você tenha falhado escandalosamente na tua missão. Estou te mandando um objeto que, apesar de não ser mágico, acho que pode te ajudar nas próximas tentativas. Os humanos usam e dizem que são muito eficientes. Escolhi a cor rosa para combinarem mais com o teu estilo. Espero que te sirvam direitinho.

Ah, um pequeno detalhe: sei que te custou muito transformar-se num monstro tão monstruoso, mas a Ordem da Insônia me chamou para me pedir que, sendo possível, você volte à

sua forma de anjo original, poque esta noite vai haver uma grande onda de pesadelos. Melhor re-servar isso pra Noite das Bruxas, você não acha? Não desanime muito (embora, no teu lugar, seria o que eu faria).

Atenciosamente,

Teu tutor que vela por você.

Joel

P.S.: Só te restam quinze dias... Você ainda acredita que irás conseguir?"

Então, desembrulhei o pacote que veio junto com a carta e - vocês não vão acreditar - dentro tinha...

UM PAR DE ÓCULOS! Tipo me dizendo que eu sou cega feito um morcego! Arrrrgh... Ele não pode parar de me gozar nem um segundo?! Não aguento isso!

Imediatamente corri para trás de um carrinho de pipocas e me transformei de novo na funcionária do trem fantasma. Enquanto isso, podia ver como as pessoas continuavam gritando que havia um monstro de verdade zanzando por ali, enquanto seus filhos choravam, morrendo de medo.

Com a cabeça baixa, segurando os óculos numa mão e o bilhete na outra, voltei ao brinquedo e descobri o grande erro que havia cometido...

Quando o carrinho dos garotos saiu do túnel, percebi que a garota que acompanhava o Nick NÃO ERA EMMA! Era a tal Jessica, usando a capa de chuva vermelha da Emma, agarrando-se ao Nick feito um molusco, chorando dramaticamente e agradecendo por salvá-la daquele monstro (nem era pra tanto, vai: a Jessica é uma exagerada... E leva jeito para atriz, garanto a vocês). Nick, clara-

mente desconfortável com a situação (ou, pelo menos, é o que eu prefiro pensar), tentava desgrudar-se dela, sorrindo e dizendo que não havia sido nada.

Nesse momento, para piorar ainda mais a situação, chegou Emma com os outros. Tenho certeza de que a Jessica (não gosto nem um pouco dessa garota...) deu um jeito para que Emma os visse abraçados (que horror!), porque logo lhe disse, com aquela voz fingidamente aflita:

— Emma, querida, que sorte você ter me emprestado sua capa de chuva... Estava com tanto frio só com a minha jaqueta... E que sorte também que você não gosta dos brinquedos de terror!... Assim, fiquei com o Nick só pra mim...

Emma fez que não ligou (mas, no fundo, pude perceber que ela estava meio chateada) e respondeu educadamente:

91

— Fica tranquila, eu não estou com frio. O Tommy conseguiu um guarda-chuva, pode ficar com a capa até a gente voltar pra casa.

— Ótimo! — respondeu Jessica, sorrindo com malícia. E, ao sair do carrinho e passar ao lado de Emma, acrescentou, baixinho:

— E, com a sua licença, fico também com o Nick pelo resto da tarde!...

Mas como é que não percebi que a Emma tinha emprestado sua capa para Jessica?! Pela pressa de chegar logo no trem fantasma, acabei bobeando...

Droga! Não posso deixar isso acontecer de novo! E, ainda por cima, a gozação do Joel! Em vez de ficar com pena de mim, fica rindo da minha cara! Ele simplesmente não tem coração!

GRRRRRRRR... Vou provar que ele está enganado... Amanhã mesmo criarei um novo plano infalível... Quinze dias! Tempo de sobra! Prepare-se Joel, estou mais perto do que nunca de conseguir minhas asas!

Doces sonhos!

Dia terrestre: 23 de maio

Hora: 15:00

Contagem regressiva: 14 dias terrestres

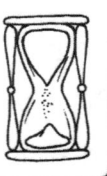

Não tive outro jeito senão tirar o dia de folga. Não que eu tenha deixado de trabalhar na minha missão, mas acontece que hoje Nick e Emma foram passar o dia com suas respectivas famílias (é domingo).

Portanto, só posso rever o que deu errado:

— Tecnicamente, o plano era perfeito.

— Minha transformação em humana foi magnífica.

— Os garotos estiveram juntinhos o tempo todo. Riram, conversaram e se

olharam carinhosamente (inclusive ficaram de mãos dadas e tudo!).

— O susto foi mortal e consegui que se abraçassem!

LOVE PLAN PERFECT

Conclusão:

A única coisa que posso alegar em minha defesa é que **não entendo como pude me confundir de garota!** Bom, acho que, em resumo, a culpa é, sem dúvida, da chuva e da maldita capa de chuva. Se omitíssemos esse "pequeno" detalhe, tudo teria sido lindo... E o probleminha de me transformar em monstro e sair desse jeito pelo parque foi assim... um "minúsculo acidente"...

Tá bommm... Tenho que aceitar a realidade: foi um desastre. Não só não consegui que declarassem seu amor, como, ainda por cima, joguei Nick nos braços de outra...

Só piorei as coisas! Snif... snif...

Saudações de um anjo um pouco triste.

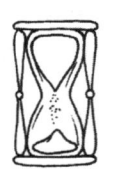

Nick e Emma vão para a piscina amanhã! Hoje ouvi como Emma contava pro Nick que neste verão vai se inscrever num curso de natação porque, senão, no acampamento vai ser complicado, já que ela é a única que ainda não sabe nadar. Aí o Nick disse que nem pensar, porque ele é um ótimo atleta e que, já que ela sempre o ajuda com as lições, ele vai ensiná-la a nadar.

E vocês não sabem o melhor de tudo! Eles vão SOZINHOS! No fundo, acho que meu instinto não se

engana quando sinto que logo passarão de AMIGOS PARA SEMPRE para FELIZES APAIXONADOS PARA SEMPRE... Aliás, eles me adiantaram as coisas para que eu pudesse preparar um novo plano...

Pensem só! O que há de mais romântico que uma piscina e o garoto dos teus sonhos te ensinando a nadar?

Tenho que me apressar e ajeitar tudo para que amanhã não haja mais ninguém na piscina... Ha ha... Vou investigar e logo contarei sobre meus progressos.

Tchan tchan tchan... E amanhã o sol brilhará, nas doces águas o amor acontecerá e o beijo esperado por fim chegará...

Vamos nessa, Estela!

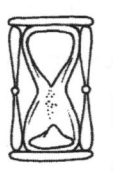

Atchimmm! Brrrr!...
Ainda estou tremendo de frio!

A verdade é que a inspeção da piscina terminou um "tiquinho" molhada...

Às seis da tarde, me materializei na piscina do clube de Nick e Emma. Estava muito ansiosa, porque nunca tinha visto uma de perto. Além do mais, me transformei numa salva-vidas profissional e fui totalmente paramentada: um maiô vermelho de natação, camise-

99

ta branca, *short* vermelho e um apito "profissional" pendurado no pescoço.

Na recepção, o funcionário me fez sinal com a mão para entrar, sem nem levantar a vista do jornal que estava lendo. Tranquilamente, entrei no pavilhão poliesportivo. O problema foi que, antes de entrar, não pesquisei direito para onde tinha que ir e só trinta minutos depois e cinco orientações mais tarde é que finalmente encontrei a piscina.

Assim que entrei, uma senhora grudou em mim e me contou sua vida inteira, as obrigações que seus

filhos têm agora que já são pais, e quão altos estão seus netos (sorte que ela não tinha fotos com ela!) e tudo isso enquanto eu a ajudava apenas a ir da piscina descoberta para a coberta...

Mas isso não foi o pior... Lembram do pequeno monstro da loja de HQ?... Pois ali estava ele, com seus amigos, Cabelo de Alcachofra e Ouriço!

Quando estava anotando no meu caderno todas as coisas que imaginei para deixar a piscina vazia amanhã para o Nick e a Emma, veio esse meio metro de pessoa e me disse:

— Ei, zalva—vidaz! — berrou (porque dizer que ele me chamou não seria bem falar a **verdade**...).

— Hein? — respondi, um pouco distraída, já que estava com a cabeça nas nuvens, pensando só no Nick e na Emma.

— Zim, vozê. Ezcuta aqui, vozê não é aquela da loja doz HQ?

— Não, garoto, você está enganado...

Nesse momento, tentei escapulir, mas o pequeno ouriço amigo dele atravessou meu caminho.

— Sim, sim, é ela! — dedurou Ouriço.

— Olha zó, vozê é zalva-vidaz! Que legal! Ze bem que vozê é bem velhinha pra ezza coiza de zalvar pezzoaz...

— Garotos, eu estou trabalhando, agora não...

O pequeno Zês me olhou maliciosamente.

— Lembra do anjo que minha mãe me comprou?... Zim? Poiz já não tem azaz... Arranquei a outra azzim que cheguei em caza... ha ha ha ha.

Admito: nessa hora eu teria gostado que a piscina o tivesse engolido e arrastado para as profundezas, mas já sabemos que, infelizmente, isso é impossível... Além do mais, como anjo protetor que sou, nem poderia permiti-lo, né?

Tentei passar rápido para o outro lado, mas Cabelo de Alcachofra me deu uma rasteira e caí com tudo na piscina das crianças pequenas. Os monstrinhos não paravam de rir e de me jogar água, impedindo-me de sair da piscina. Como era a piscina descoberta, esses fedelhos deviam pensar que estavam na praia... Grrrrrrr!... Quando eu os pegar lá fora, eles vão ver só!...

Mal-humorada, cansada e temendo o pior (que amanhã um desses filhotes de sapo pudesse interferir nos meus planos, por exemplo), usei um pouco de magia para retardar um tiquinho o tempo e poder sair da piscina.

Os sapinhos ficaram com os pés grudados no chão uns segundos, o que fez com que, quando quiseram voltar a se mexer, caíssem, e OS TRÊS deram com a cara no chão. Ha ha, como eu ri! (por dentro, claro; tenho

que aparentar ser uma profissional e não poderia ficar rindo em público).

Rapidamente escapei para a piscina principal, me encostando ao lado de uns trampolins, para poder descansar um pouco e também me esconder.

Nesse momento, um dos monitores botou a mão nas minhas costas e disse:

— Olha só, novata, te deixarei no comando. Vou escapulir e comprar um sorvete. Não me espere...

E, antes que eu pudesse reclamar ou negar, ele já tinha se mandado, o cara de pau!

Tentando manter a calma e a compostura, comecei a vigiar a piscina principal, caminhando calmamente pela borda. Zés e seus amigos tinham desaparecido da minha vista e, portanto, tudo estava tranquilo.

Então, uma menininha me pediu uma boia e fui pegá-la (elas ficam bem perto dos trampolins, para que o salva-vidas possa vigiar a piscina enquanto vai buscá-las). Que fofa! Ela me agradeceu sorrindo (que diferença daqueles outros tipos!...) e fiquei encantada vendo a pequena nadar com tanta habilidade (eu, sem magia, não sei fazê-lo). Essa distração me custou muito caro, porque foi então que veio o ataque final...

Eu estava agachada, vendo como aquela gracinha de menina se afastava, nadando tão bem com sua boia

106

Nesse mesmo instante, os monstros aproveitaram para fazer o que chamaram de "O **ANJO MORTAL**", isto é, me pegar cada um por um braço, movendo-os como se fossem asas, para depois se pendurarem no meu pescoço e me jogarem, sem piedade, dentro da piscina...

Nessa hora, entrei em pânico: não sei nadar e não podia usar minha magia, porque, se o fizesse, todo mundo ia ver! ESTAVA PERDIDA!... Os monstrinhos tinham me abandonado à minha própria sorte dentro d'água e o outro monitor havia ido comprar sorvete! Até as pessoas pareciam ter fugido da piscina, porque ali não se via mais ninguém!

Ninguém, evidentemente, exceto a vovozinha que tinha me contado montes de histórias e que nadava alegremente, sem perceber nada do que estava acontecendo.

Quando eu já pensava que não só não ia conseguir minhas asas como também ia virar a piada geral, ALGUÉM me resgatou daquele apuro. Notei que uns braços fortes me agarravam pela cintura e me tiravam da piscina.

A primeira coisa que fiz ao voltar a respirar foi tossir e devolver toda a água que havia engolido, com o azar de fazer isso bem em cima do meu herói salvador... Bom, vamos deixar como sendo "alguém", que me ajudou num momento delicado (o qual, cedo ou tarde, eu teria resolvido sozinha, claro...).

Ia agradecer e pedir desculpas por vomitar água em cima dele, mas, quando ouvi sua voz, acabou-se toda a admiração e gratidão pelo gesto:

— Ora, ora, vejo que continua tendo problemas com

os pequenos humanos — disse Joel, rindo. — Inclusive notei uma certa fúria em relação a eles...

— São meninos encantadores! Só estávamos brincando!... Não sei que raios você está fazendo aqui!... Obrigada, mas não precisava da sua ajuda. Tinha tudo sob controle... — respondi, visivelmente irritada.

— Debaixo d'água? — zombou Joel.

— Sim, estava praticando uma Técnica do Amor para amanhã... Não era necessário você se intrometer... Agora, se me permite, devo continuar meu trabalho...

A humilhação piorou, pois ele me levou até a borda da piscina como se transportasse um saco de batatas (e, sinceramente, apesar de me dar muita raiva ter que admitir, ainda bem que ele o fez: sem poder usar a magia publicamente, não sei como teria me safado...).

Com um sorriso irônico, Joel respondeu:

— Querida Estela, lembre-se que um amor afogado não conta pontos e que um anjo afogado não consegue suas asas. E com teus GRANDES dotes de nadadora, começo a me preocupar pelo que você possa fazer ao Nick e Emma amanhã. Não seria melhor desistir? Já tenho tuas medidas para o traje oficial da Grande Torre... Você vai ficar linda nele...

— NÃÃÃOOOO! — gritei, desesperadamente.

— Tá bem, tá bem... Estarei por perto, por via das dúvidas... — respondeu Joel, condescendente.

— Desnecessário! — soltei.

Saí da piscina do jeito que deu e me afastei correndo até o vestiário, não sem antes ter certeza de

que os MONSTROS já tinham ido embora... Hmmm... Não paro de pensar... Por que Joel tem que se meter sempre? Ah, tanto faz! Vou me concentrar no que importa.

Coisas que devo solucionar para amanhã:

— Conseguir afastar as pessoas da piscina na qual estejam Nick e Emma.

— Passar longe dos meninos baderneiros.

— Evitar as vovozinhas que contam histórias intermináveis sobre cada membro de suas famílias.

— Evitar, a todo custo, que Joel apareça e faça eu me sentir ridícula.

— Aprender a nadar hoje mesmo (não é que eu não confie em mim, é só por via das dúvidas...)

Bom, calma, que amanhã tudo será maravilhoso. Já me aconteceu de tudo e acho que não pode me acontecer mais nada. Portanto, espero que amanhã seja uma magnífica tarde romântica na piscina.

E, agora, estou com tanto frio que é melhor ir tomar um chocolate bem quentinho.

Até amanhã!

Dia terrestre: 25 de maio

Hora: 12:00

Contagem regressiva: 12 dias terrestres

Ufa, por um momento temi pelo sucesso da missão desta tarde.

Às sete da manhã já estava posicionada, com meus binóculos, na copa da árvore que há bem na frente das casas da Emma e do Nick, mas, como estava com sono, dei umas pescadas enquanto esperava e, no fim, acabei dormindo totalmente!

Dormi tanto que não vi os garotos saírem de casa

Por isso, ao chegar correndo na escola e ver a carteira de Nick vazia temi o pior:

— E se ficou doente?

— E se foi embora para outro país?

— E se trocou de bairro?

— E se eu escutei mal o dia que combinaram de ir pra piscina?

— E se eu dormi por dez anos e o Nick já se formou?

Quando comecei a ficar tonta com tanta pergunta absurda e de ver a Emma saindo para o recreio com todos os seus amigos, mas sem o Nick, ele finalmente chegou.

Que alívio!

Nick entrou no pátio sorrindo e foi cumprimentar primeiro a Emma (**um bom sinal!**). Pelo que disse aos amigos, percebi que havia esquecido de avisar que hoje ele teria que ir ao médico...

Outra dessas e acabo tendo um troço! A próxima vez que eu for vigiar, proíbo-me terminantemente de adormecer! Mas é que

a gente fica tão aconchegado nas copas das árvores, ouvindo os passarinhos cantando... Já me dá sono só de pensar... Hmmm...

Preciso me concentrar! Vamos lá, que já está na hora de preparar a piscina para esta tarde!

Psiu! Já adianto uma notícia exclusiva: ontem estive vendo um filme de humanos até tarde e me deu uma ideia magnífica para que as pessoas os deixem completamente sozinhos esta tarde... He he he...

Já já vocês saberão!

Saudações!

A piscina pequena já está pronta!

Já estou mais de uma hora preparando tudo para que não voltem a aparecer os monstrinhos que me atacaram ontem, he he...

Explicando: Primeiro, voltei a me transformar na salva-vidas. Dirigi-me ao funcionário que controla a entrada da piscina e, sorrindo, o informei que, por regras de segurança e higiene, hoje limpariam a piscina

pequena. Então lhe pedi amavelmente que hoje não deixasse entrar os meninos menores, para evitar que lhes acontecesse algo na piscina dos mais velhos.

Depois coloquei cartazes ao redor da piscina pequena que diziam: "Filtrando a piscina. Desculpem o incômodo".

Mesmo assim, não acaba de chegar gente para praticar natação na piscina principal... Mas quando chegarem o Nick e a Emma acionarei o plano

SWIM FISH LOVE ACTION!

Olha lá, eles estão chegando... Tenho que me posicionar, mas antes preciso me ocupar do outro salva-vidas.

Tchau!

Dia terrestre: 25 de maio

Hora: 23:00

Contagem regressiva: 12 dias terrestres

A verdade é que foi muito fácil me desfazer do salva-vidas. Foi só dar um cupom de sorvete grátis para a nova sorveteria da esquina e ele saiu correndo, agradecendo-me apressadamente:

— Obrigado! Você pode acabar meu turno, por favor? Assim eu posso convidar a minha garota! Sim? Obrigado de novo! Você é um anjo!

Ele não sabia a verdade que havia nessa frase!

Mesmo o salva-vidas tendo desaparecido do mapa, eu continuava tendo um PROBLEMA, assim, com maiúsculas: a piscina grande estava cheia de gente. De fato, Emma e Nick mal cabiam na raia que, em vão, eu tinha tentado manter livre só para eles. Por isso, depois de várias tentativas de afastar, com propostas atraentes, os nadadores que ocupavam a raia "deles" (tais como:

— Com licença, senhor, mas não preferiria aproveitar a área de relaxamento do terceiro andar? Hoje está disponível gratuitamente...

— Com licença, senhora, não gostaria de experimentar a nova sauna? Ficaria ótima depois de uma sessão de vapor... Sabia que é muito bom para a pele?

— Desculpe, mocinha, não quer estrear a nova aula de aeróbica? As aulas são muito divertidas...)

... e de receber dezenas de "NÃOS" como resposta, percebi que só restava uma carta para jogar... Porém, era a melhor que vocês possam imaginar: o plano mais bem bolado e imaginado! O magnífico plano que tinha tudo para triunfar!

Enquanto isso, Nick e Emma riam cada vez mais. E Nick, inclusive, fez com que Emma ficasse "vermelha" em mais de uma ocasião! Tudo estava indo perfeitamente bem: Emma estava aprendendo a nadar nos braços do charmoso Nick!

Era a hora. Tinha que fazer todo mundo abandonar a piscina rápido. Todos, claro, menos o Nick e a Emma. E, de certo modo, eu consegui, mas, talvez, tenha exagerado "um tiquinho"... Mas é que, naquele filme que eu vi, funcionava!

No filme, os banhistas abarrotavam a praia. De repente, no horizonte, os mais observadores viam uma barbatana cinza e, avisando aos outros, saíam organizadamente da praia. Bom, pelo menos foi o que me pareceu, antes de adormecer, após assistir cinco minutos do filme...

Como eu podia imaginar o que estava a ponto de acontecer no filme e, além do mais, que não ter visto ele todo me custaria tão caro? Eu achei que era um inocente peixinho e que a única coisa diferente era que os humanos evitavam nadar com ele, só isso....

De modo que, escondida atrás das arquibancadas ao redor da piscina, lancei um feitiço:

"Emma e Nick, o amor vocês encontrarão e, ao olharem um para o outro, só verão o que realmente são! Para seu amor poder declarar, só suas vozes musicais serão capazes de escutar, e para uma piscina inteira poderem ter, em tubarão para os outros

os vou tornar. Mas vocês, aos gritos alheios, ouvidos surdos farão!

LOVE SHARK ACTION!"

E, juro, o efeito "PISCINA VAZIA" foi imediato. No mesmo instante, na raia da piscina de treino, ao fundo, num canto, de repente apareceram duas enormes cabeças de tubarão (Nick e Emma, na verdade!) e seus gigantescos corpos.

Os gritos ensurdeceram até a mim! As pessoas me derrubaram, ao saírem da piscina atropelando tudo pela frente!...

Jamais havia imaginado que as pessoas pudessem correr tanto!...

Em menos de dois minutos, a piscina ficou deserta. Até os idosos, que se queixavam tanto das articulações, passaram na frente dos mais jovens na hora da correria. Eu estava satisfeita. As pessoas tinham sido um pouco exageradas, mas o fato é que havia funcionado.

Quando só restaram Nick e Emma no recinto, desfiz o feitiço e me retirei para observar lá do alto das arquibancadas. Já via minhas preciosas asas em todo o seu esplendor, imaginava a cara pasma do Joel cumprimentando-me por ter usado magia avançada de uma forma tão magnífica, assim como a surpresa de meus companheiros por ter resolvido um caso tão difícil como o dos "Amigos Para Sempre".

Enquanto isso, Nick continuava comportando-se como um cavalheiro, ensinando Emma a dar suas primeiras braçadas sozinha. Inclusive aconteceu um momento perfeito: Emma engoliu um pouco d'água e Nick rapidamente a levou para a borda, pediu-lhe que respirasse tranquilamente e... Aí aconteceu uma coisa!

Deixa contar como foi:

Emma riu, nervosa, e disse ao Nick:

— Acho que, apesar de você ser muito bom professor, comigo você não vai conseguir nunca, he he... Melhor eu esquecer do acampamento este ano... Também, não tem tanta importância...

Nick, muito sério, a olhou e lhe deu um beijinho na bochecha:

— Não diga isso nem por brincadeira! Nem penso em ir sem você e, além do mais, sempre vou estar do teu lado para te proteger... — Nick fez uma breve pausa, ficou vermelho como um tomate e começou a gaguejar - Emma... eu...eu...

Estavam tão perto... Tudo estava se desenrolando perfeitamente... Percebi que a barreira de AMIGOS estava quase se rompendo, seus lábios estavam a ponto de encostar...

E, então, chegou A POLÍCIA.

É que, parece, alguns nadadores, muito assustados, tinham ido diretamente (de maiô e tudo!) à delegacia do bairro, gritando a plenos pulmões que dois tubarões gigantes estavam atacando as pessoas na piscina do clube (os humanos são muito exagerados: veem dois meigos peixinhos quietos num canto e transformam isso num ataque sangrento!). Os policiais que receberam esses banhistas os olhavam sem acreditar.

No começo acharam que era uma piada... Até que começaram a aparecer dezenas de pessoas contando a mesma história sobre os dois tubarões gigantes ame-

açando as pessoas (agora, me digam: o normal não seria se vestir, ir pra casa tranquilamente e sensatamente esquecer do assunto? Óbvio que, para os humanos, não...).

No fim das contas a polícia veio, morta de curiosidade, todos eles com megafones, ordenando evacuar a piscina imediatamente e assim... Destruíram a cena romântica que estava acontecendo entre Nick e Emma!

Fui correndo dizer pros dois para que não saíssem da água, que continuassem na deles, que aquilo tudo era uma pegadinha... No fim, os dois ficaram pasmos de ver que não tinha mais ninguém na água (pelo visto, nem haviam percebido, de tão bobos que estavam um com o outro... Ao menos é um bom sinal!) e que a polícia falava sei lá o quê sobre possíveis peixes perigosos...

Para que parassem de assustá-los, fui falar com o agente encarregado da operação. Foi um custo, porque ele não parava de tentar fechar a piscina argumentando que se tratava do procedimento oficial, que era uma questão de segurança e sei lá o que mais...

No fim, consegui convencê-lo, levando-o a dar uma volta na piscina, mostrando que não havia nada além de água, trampolins e dois adolescentes e que, provavelmente, os banhistas tinham feito uma brincadeira. O policial, chateado e também meio envergonhado, me pediu desculpas e voltou a abrir a piscina ao público, tranquilizando a todos os banhistas.

As pessoas, perplexas e curiosas, voltaram a ocupar a piscina, enquanto os mais medrosos ficavam de fora, fazendo declarações à rádio e TV locais (que também chegaram, logo depois da polícia), transformando o estranho evento em notícia. Que enrosco!...

Nesse momento, apesar de a piscina começar a ficar lotada de novo, ainda me restavam esperanças: Emma e Nick continuavam juntinhos na água... Mas, claro, quando alguma coisa vai mal, sempre pode piorar. Ao reabrir a piscina, chegaram novos nadadores e... **Adivinhem quem apareceu?!** A tal da Jessica!

Chegou rodeada de garotos suspirando por ela, mas quando viu Nick e Emma tão pertinho um do outro, correu para onde eles estavam e se jogou de cabeça bem ao lado deles, encharcando completamente, com absoluta má intenção, claro, a pobre Emma, que voltou a engolir água...

— Ai, desculpa, Emma, não tinha te visto! Que corajosa!... Pensei que você não sabia nadar!

— Bom, na verdade não sei... Mas o Nick se ofereceu para me ensinar e já estou praticando há um tempinho e... — disse Emma, tossindo por culpa da água que havia engolido.

— Coitado do Nick! Do jeito que ele gosta de nadar!... Deve estar morrendo de tédio, aí com você... — disse Jessica, sorrindo maldosamente. — Não

me entenda mal, mas é que o Nick é tão ativo que já deve estar com os braços e pernas formigando, de tanto tentar te ajudar...

O efeito foi imediato: Emma se afastou do Nick e a Jessica, ao contrário, rapidinho mergulhou até ele, colocando-se entre os dois.

— Emma, você se importa que eu e o Nick treinemos um pouco? É que eu preciso praticar para o campeonato de natação da escola e o Nick deveria fazer o mesmo, se é que quer ganhar...

— Cla... claro...— disse Emma, com tristeza.

— Mas eu não preciso... A gente pode continuar, Em... — tentou dizer Nick, mas Jessica voltou a se colocar entre eles (grrrrrr... Não sei quem me tira mais do sério: essa Jessica ou a gangue do Zés!).

— Como você quiser Nick. Embora seja uma pena perder a competição, já que faz tantos anos que o nosso colégio não ganha... Mas primeiro a Emma, claro... — disse Jessica, fingindo compreensão.

Então, Emma olhou o relógio da parede e exclamou:

— Nossa, são quase sete e meia! Não se preocupem comigo. Obrigada por tudo Nick, mas tenho que terminar umas lições para a aula de História... Preciso ir... — e, dizendo isso, Emma saiu correndo da piscina.

Nick tentou segui-la, mas a Jessica se jogou no pescoço dele e começou a tentar afundá-lo, brincando.

Não só falhei estrondosamente, mas, além disso, tive

que suportar que essa Jessica ficasse na piscina com o Nick até eles irem embora, pois não podia deixar os humanos sem salva-vidas a postos... U_U

Agora é quase meia-noite, aqui em Nuvens Altas. Os dias estão se esgotando e preciso ter mais cuidado da próxima vez... Sei que vou conseguir! Desta vez cheguei muito perto! E quem sabe não tenha sido tão ruim, já que não recebi nenhum bilhete do Joel...

Até amanhã!

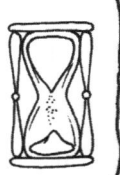

Bem na hora em que eu estava começando a dormir, recebi isto:

"Querida Estela

Em breve ficaremos sem estoque de calman—tes para humanos. A palavra "discrição" te diz al—guma coisa? Ou será que você anda com vontade de aparecer no telejornal noturno? Pense que você é o primeiro anjo que provoca uma situação dessas... O que você quer? Ficar famosa? Acho

que te lembrar que o prazo está se esgotando é meio óbvio, mas, para garantir que você não esqueça, é melhor nos encontrarmos amanhã no meu escritório. Não use a magia para vir, não quero presenciar uma nova desgraça...

Sempre teu,

Joel

P.S.: Estou te mandando um combo de DVDs humanos de terror para te dar nova inspiração para causar paradas cardíacas nas pessoas, na tua próxima missão. Você vai adorar: têm monstros, peixes assassinos, mamíferos perigosos... Só vai faltar você escolher quem será tua nova vítima..."

Mas que crueldade!

Ele, sim, é que é um monstro malvado, me escrevendo todas essas coisas!

Como se eu já não me sentisse mal pelo que aconteceu, ele vai e me esfrega isso na cara! Arrrghh!

Mas o que foi que eu fiz para merecer um tutor como ele?!

Taí alguém que faria migalhas do Zês e seus amigos! Grrr... Sinto muito pelo desabafo, mas estou fervendo...

Até daqui a pouco.

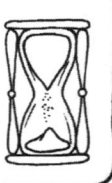

Dia terrestre: 26 de maio,

Hora: 18:00

Contagem regressiva: 11 dias terrestres

Hoje eu não desci à Terra. O tempo não estava bom e viajar no meio de uma tempestade debilita muito os anjos sem asas. Além do mais, tive que ir ao escritório do Joel.

Quando acordei, depois de tomar café, reconsiderei a situação e tentei ver o lado bom do Joel, pensando que talvez fosse uma boa ideia falar com ele, explicar que esses humanos estão muito perto do nosso objetivo e repassar com ele as coisas que ando fazendo de errado. No fundo, ele não deixa de ser um dos melhores Anjos do Amor e deve saber dar conselhos sábios.

Então, com esperanças de ter um papo construtivo com ele, fui ao seu escritório. Quando cheguei, outro dos meninos que ele também supervisiona estava saindo, muito sorridente. Certamente, pensei, o Joel saberia me aconselhar também. Relaxei tanto que, assim que sentei numa das poltronas vermelhas da sala de espera, cochilei.

Dali a pouco ele me fez entrar no escritório.

— Fique à vontade, Estela — me disse.

— Obrigada — respondi.

Joel ficou sério e me perguntou:
— Muito bem... Agora você vai me perguntar o que está fazendo de errado?

Como ele sabia exatamente o que eu queria saber?! Por acaso ele lê a mente da gente? Antes que eu pudesse formular sequer uma frase, Joel se adiantou de novo:

— Não, Estela, eu não leio a mente, apenas tenho a intuição muito desenvolvida. Sabia que a qualidade mais importante na Ordem do amor é ter uma intuição que guie os teus atos?

— Não...

— Pois deveria: todos os teus companheiros parecem saber. Todos, menos você...

Esse comentário já começou e me irritar, então respondi:

— Eu tenho intuição, sim, e não sei o que meus companheiros têm a ver com a história...

— Pois então você deve ter intuição mas não a usa, não deixa que ela flua e que te aponte o que você deve fazer em cada momento. A intuição não basta por si só, deve ser combinada com estratégia. Estela, você é muito impulsiva. Vê uma oportunidade e não medita sobre ela, não a trabalha o suficiente. Simplesmente a põe em prática, atropeladamente, e por isso não consegue suas asas.

Mas o que é que ele estava dizendo?! Eu tinha me informado muito sobre Nick e Emma, havia passado noites sem dormir procurando pistas e planejando ocasiões perfeitas...

— Não é verdade! Só tive azar! Mas estive muito perto de conseguir! Planejo as missões em detalhes, você não percebe?!

— Pois o detalhe te escapa... Diferente do resto dos teus companheiros, aliás, que, rapidinho, já conseguiram suas asas.

Essa notícia me deixou para-lisada. Eu, a primeira da minha turma, era a única que não tinha minhas asas!

Como era possível?!

Só me ocorreu perguntar sobre a única razão pela qual eu acreditava que isso podia ter acontecido:

— Não será porque as missões deles eram de nível baixo, enquanto que a minha é de nível avançado?! — exclamei, um feixe de nervos, diante da evidente resposta.

— Sim, mas isso não importa — disse Joel.

— Como assim não importa?! Você acaba de reconhecer que me deu uma missão mais difícil do que a deles! Não é justo! — gritei, furiosa.

— Injusto é que eu acredite mais em você do que você em si mesma. De você eu esperava mais, justamente porque você tem talento. Mas está desperdiçando-o, porque não pensa direito nas coisas... — disse Joel, olhando-me fixamente.

Não sabia se começava a chorar de raiva pelo que estava ouvindo, ou se levantava e saía correndo.

Joel continuou com seu discurso:

— Além de NÃO saber o que significa a palavra DISCRIÇÃO, né, Estela?... Passei a noite dando

explicações aos meus superiores para que te concedessem uma nova oportunidade, porque, como você pode imaginar, o evento de ontem na piscina chegou aos ouvidos deles.

— Com certeza foi você mesmo que correu contar — respondi, resignada e aborrecida ao mesmo tempo.

Joel me olhou bem dentro dos olhos e continuou falando, com voz severa:

— Está vendo como você julga precipitadamente? Eu não disse nada a ninguém, só te tirei do aperto. Foi outro tutor, da Ordem da Discrição, quem deu o alarme; e com razão. Embora, para ser sincero, mesmo que ainda te sobre pouco mais de uma semana, estou convencido de que você não vai conseguir. Se você fosse um verdadeiro Anjo do Amor, a missão não te custaria nada... Mas já percebi que você não leva jeito pra coisa... Você não escuta, não se interessa o suficiente em saber quem e como são Emma e Nick e não se preocupa em saber o que é que eles realmente querem. Fica totalmente obcecada armando missões que, ainda por cima, são um fracasso e não fluem com naturalidade — disse Joel, tirando um formulário da gaveta e me entregando.

— O que é isso? — perguntei, com um nó na garganta.

— Um formulário de desistência — disse ele, suspirando, antes de continuar — Estela, é melhor largar tudo isso agora. Não ter asas não é tão importante. Já acertei tudo para que você ingresse nos Sem Asas. Você será mais feliz e muito útil nos escritórios. **Aceite seu destino.** Além do mais, você vai ficar muito gata com o traje deles — acrescentou, sorrindo.

Só me faltava isso!
Mas que canalha!

— Engano seu, **Joel!** Ainda que você tente fazer todo o possível para que eu fracasse, vou te provar que consigo fazer a Emma e o Nick declararem seu amor! Vou embora! **Adeus!**

Levantei. Não queria continuar ouvindo mais nada. Meus olhos ardiam por todas as lágrimas que eu estava tentando segurar. Só queria fugir dali.

Antes de sair, Joel me segurou pelos ombros e sussurrou no meu ouvido:

— Você não tem que provar nada para mim e, sim, para você mesma. Se você acredita que pode fazê-lo, está bem, vá adiante. Mas não se meta em encrencas apenas por teimosia.

Saí de seu escritório e, correndo, subi até a Grande Torre de Observação (que, por sorte, estava deserta),

para poder contemplar a tempestade que caía em todo o seu esplendor. E ali fiquei quase todo o resto do dia, chorando de raiva e maldizendo minha falta de sorte...

Ao chegar ao Instituto, fechei-me no meu quarto e comecei a pensar em novas estratégias para Emma e Nick.

E aqui continuo, ouvindo Rock Angels e bolando o plano definitivo para fechar a boca do Joel.

Boas e felizes (ao menos para vocês) noites.

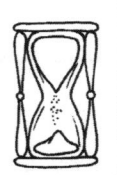

Dia terrestre: 27 de maio,

Hora: 14:00

Contagem regressiva: 10 dias terrestres

SIM, SIM, SIM!

Foi por um triz, mas já tenho um novo plano! E desta vez o amor será tão forte que ninguém poderá freá-lo!

Hoje, na escola dos garotos, aconteceu algo inesperado. Todos estão preparando um festival no colégio e a classe inteira do Nick e da Emma está trabalhando na representação do clássico "O Príncipe e a Donzela". Uns

são atores, outros reescrevem o roteiro, outros fazem a decoração do cenário etc.

Pelo que ouvi, trata-se de uma história muito bonita, na qual um lindo príncipe se apaixona pela donzela da princesa com a qual está obrigado a se casar. A princesa, ciumenta, tenta fazer com que o príncipe volte-se para ela e, para isso, recorre aos truques mais sombrios, chegando, inclusive, a convocar uma bruxa. Mas, no fim de tudo, o amor triunfa, o príncipe desmascara a pérfida princesa que tentou confundir seus sentimentos e se declara à donzela com um beijo de amor. **Não é uma história maravilhosa?...**

O professor de Literatura, junto com um dos amigos do Nick, Tommy, adaptou a história para que a turma a apresente numa versão um pouco mais curta e também mais moderna.

E, como contei a vocês no começo da missão, o rapaz que interpreta o príncipe é o Nick! Isso não teria importância se eu não tivesse sabido que a donzela ia ser interpretada por uma das garotas da turma: Sandra. Digo IA ser interpretada, porque a coitada rompeu um ligamento do tornozelo fazendo esportes. Ela mesma pediu para interpretar um papel menor, no qual pudesse ficar sentada e não realizar esforços.

A peça é na semana que vem, dia 6 de Junho, e o professor pediu uma voluntária para substituir a Sandra. Como era de se esperar, Jessica imediatamente levantou a mão, oferecendo-se como voluntária, já que se considerava perfeita para o papel e, portanto, faria (olha o que ela disse na cara dura!) "par perfeito com o príncipe bonitão". Grrrr! Que raiva essa garota me dá! Ela nunca desiste?!

O professor perguntou se alguém mais queria se oferecer para o papel e, então, Nick propôs que Emma fosse a donzela. E aí começou a discussão. A Jessica interveio na hora, dizendo que Emma era muito necessária como assistente de direção e que, além do mais,

por ela, Jessica, ter o papel da princesa, tinha ensaiado com Sandra seus diálogos e que, portanto, já os conhecia perfeitamente. Disse também que, de qualquer forma, substituí-la no papel da princesa era bem mais fácil, porque seu papel não tinha tantas falas.

Nick insistiu que era melhor não trocar um personagem que já tinha seus diálogos decorados e, além do mais, tão importante como o da princesa. Além disso, disse que como a Emma ajudava o professor a dirigir a obra, conhecia perfeitamente todos os diálogos, pois havia ajudado muito a Sandra a decorar o texto da donzela.

O professor sugeriu, então, que era melhor fazer uma votação para que a classe escolhesse e declarou que isso seria feito depois do recreio, para que todo mundo pudesse votar depois de pensar um pouco no assunto. Achei genial a ideia de não se precipitar e, além do mais, a maioria era a favor da Emma. Mas,

claro, vinte minutos é muito tempo e a Jessica não perdeu nem um deles... GRRRR...

Então, durante o recreio, enquanto Emma morria de vergonha diante da ideia de ser a donzela e tentava mudar de assunto cada vez que os amigos a animavam e apoiavam, Jessica dedicou—se a ir atrás do voto dos indecisos: aos mais gulosos, prometeu chocolates grátis por um mês (a mãe dela tem uma loja de doces); aceitou ir ao cinema com alguns de seus admiradores e disse a algumas das garotas que lhes daria suas roupas mais bacanas e também que as aconselharia sobre como atrair os garotos, se elas lhes dessem seu voto.

Que tal essa?!

Mas que bruxa! Se eu não soubesse que ela é humana pensaria que debaixo dessa

pele tem um demônio disfarçado! Não seria a primeira vez que algum deles faz isso, aliás. Mas não, é uma garota normal e comum, que simplesmente resolveu ter como objetivo impedir que a Emma e o Nick fiquem juntos e, ainda por cima, fica boicotando minha missão...

E foi aí que tomei uma decisão. Não gosto de usar a magia para fazer trapaças, mas, de certo modo, se não a usasse, deixaria que Jessica se safasse com suas arapucas. Portanto, eu devia fazer alguma coisa para conseguir que a votação fosse mais justa e por isso decidi agir "um pouquinho" a favor da Emma.

Bolei um feitiço e o lancei rapidamente, bem na hora em que todos voltavam do recreio: "Seja justo e vote com o coração. Pense em quem atuará melhor e, por um pouco de roupa, chocolate ou encontro, não troque sua eleição".

TRUE ELECTION LOVE ACTION!

Um depois do outro, os alunos foram entregando seus votos, diante da confusão de alguns que tiveram que gastar várias cédulas, pois, cada vez que queriam escrever o nome da Jessica, sempre acabavam escrevendo "Emma". No fim, perplexos e desesperados pelo feitiço, acabaram votando na Emma de uma vez, tal como teriam feito a princípio, pois era o que lhes ditava o coração.

Resultado final: Jessica, dez votos; Emma, quinze.

Jessica ficou furiosa, estava quase beirando a histeria! Pediu recontagem dos votos cinco vezes! Finalmente, depois de terminar contando os votos ela mesma, um por um (não acreditou de jeito nenhum na recontagem feita pelos seus colegas... Que menina desconfiada!), começou a esquadrinhar os rostos dos colegas, procurando descobrir quais deles a haviam traído. De repente, viu alguém (tenho certeza), mas não

sei quem (eu deveria ter prestado mais atenção) e, então, assim, do nada, relaxou, deu um sorrisinho e aí começou a rir... Ai, ai, isso não era um bom sinal...

Consegui que Emma fosse eleita sem que as artimanhas de Jessica a impedissem, mas é óbvio que Jessica está tramando alguma coisa e claro que não vai ser nada de bom...

De qualquer forma **pretendo impedir que se safe!** Fique sabendo, Joel! Desta vez não vou provocar nenhum desastre! Simplesmente ajudarei os meninos a prepararem a peça mais romântica possível, para que possam declarar seu amor mútuo com sinceridade.

Ao trabalho!

Um beijo a todos!

160

As coisas não poderiam estar mais perfeitas! Os ensaios da peça acontecem todas as tardes, no ginásio. Emma e Nick estão cada vez mais à vontade em seus papéis e tudo parece fluir sem problemas. Joel me deixou em paz e até a Jessica parece mais relaxada. Todo dia assisto aos ensaios para ver como vão avançando.

Emma está cada vez melhor!

Hoje fizeram a prova de figurino e ela está maravilhosa!

Nick a está ajudando muito, fazendo com que se sinta confortável no palco. Estão tão bem que até um de seus amigos lhes disse, brincando, que eles formavam um lindo casal!

O que na verdade me incomoda é que vejo a Jessica calma DEMAIS. Ensaia seu papel de princesa com toda tranquilidade e parece não ligar para a presença de Emma no palco. Ainda não ensaiaram a cena final: a do beijo que demonstra o amor do príncipe pela donzela. Ai, que vontade eu tenho de que aconteça de uma vez!... Tenho certeza de que é o passo definitivo que lhes falta!

Bom, como o ensaio continua, vou me manter atenta à peça. Todos estão tão bem (inclusive a Jessica está perfeita como a princesa má, he he...)!

Muitos beijos!

Dia terrestre: 3 de junho,

Hora: 19:30

Contagem regressiva: 3 dias terrestres

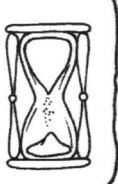

Tem algo que não estou captando direito. Há muitos dias venho observando a Jessica e, assim que o ensaio termina, ela desaparece nos bastidores e não volta pra casa com o resto da turma. Estranho... Até uns dias atrás voltavam todos juntos...

Talvez seja paranoia minha; acho que estou nervosa. O tudo ou nada das MINHAS ASAS será no palco do amor dentro de três dias! E se eu falhar (coisa que não pretendo fazer!), o tempo terá se esgotado... Além do mais, a maioria dos alunos

no Nuvens Altas já se formou e o fato de não saber nada do Joel também não está me agradando muito...

Não me entendam mal: não gosto que ele fique me perturbando, mas agora que eu sei que ele já decidiu que meu futuro é ser um Sem Asas, a verdade é que eu preferiria que ele me mandasse aqueles bilhetes chatos e irritantes, porque é melhor do que não ter nenhuma notícia dele.

Além do mais, esta espera está ficando um pouco longa demais. Ainda bem que por estes dias andei lendo, na biblioteca Celestial, a peça que os meninos vão apresentar, "O Príncipe e a Donzela", para conhecê-la em detalhes. Assim, caso surja algum imprevisto, eu poderei ajudá-los. E a verdade é que realmente a obra é maravilhosa! Até me fez chorar de emoção. Ai, eu sei: sou tão boba!...

Morro de vontade de ver o final representado pela Emma e o Nick! É a única

165

coisa que ainda não ensaiaram. Percebe-se que o professor de Literatura sabe que a questão do beijo e a cena final sempre causam nervosismo. Como ele quer que os dois estejam tranquilos na hora, lhes disse para ensaiarem em casa, sem pressa, porque no palco o rapaz do ponto vai ajudá-los com os textos. E negou-se a ensaiar publicamente para, como ele diz, "manter a inocência desse beijo".

Emma parece muito nervosa com o assunto e fica vermelha toda vez que fazem piada sobre isso, mas quando o Nick está com ela, ele mesmo segura docemente sua mão e a aperta com carinho, reconfortando-a e apoiando-a

Tenho que confessar que continuo procurando brechas, pela possibilidade de realizar alguma tarefa a mais (só por via das dúvidas, não porque eu vá precisar, claro). Mas tudo bem, dá na mesma: com certeza isso não vai ser necessário.

Ultimamente não paro de me perguntar como será meu primeiro dia na Ordem do Amor, depois de vencer o desafio de unir um casal de **Amigos Para Sempre.** Vão me receber como uma heroína?... Vocês querem saber? Dentro de três dias eu conto!

Que comece a sessão do amor!

Saudações!

Dia terrestre: 6 de junho, 18:00 horas
Contagem regressiva:
6 horas para o fim da missão

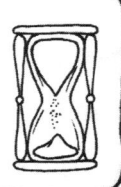

Hoje é um dia favorável
ao amor.

No pátio da escola há dezenas de atividades para celebrar o fim do ano: esportes, comida, oficinas de arte e, no teatro, apronta-se a peça dos alunos do oitavo ano.

Percebe-se que os garotos estão quase acabando as aulas porque está tudo uma confusão.

Emma parece um pouco preocupada com a cena final da peça, pois o professor de Literatura os aconselhou a imitar os grandes atores e ensaiarem separados — assim, no dia da estreia, viverão a cena pela primeira vez diante do público, transmitindo a "verdadeira emoção". O que eu acho que na verdade ele quis evitar é que tivessem que se beijar em todos os ensaios, he he... Pra mim é muito melhor, será mais puro e surpreendente!

Ai! Morro de vontade de ver esse momento ao vivo!

Além do mais, ninguém precisa se preocupar, pois num lado do cenário tem umas telas, onde o garoto que ajudou a adaptar o texto vai projetar todos os diálogos.

Já o Nick está tranquilo, não para de rir e brincar com seus amigos e continua o tempo todo grudado na Emma (inclusive disse que ela estava linda com o traje medieval!).

E a tal Jessica agora mesmo está na sala dos alunos do oitavo ano, muito ocupada, distribuindo beijos nas bochechas dos garotos. A fila chega até a porta do colégio! Parece que ela se esqueceu do Nick... Isso seria sensacional, **vocês não acham?!**

Hoje recebi um novo bilhete, mas não do Joel. **Era uma notificação da Ordem do Amor, me alertando que só restavam algumas horas para realizar a prova** ou, caso contrário, deverei apresentar-me amanhã mesmo nas dependências dos Sem Asas, na Grande Torre do Norte, para começar meu novo aprendizado...

Suponho que o Joel me largou de vez por me achar uma causa perdida e já nem quer mais ser meu tutor. Sem problemas! Eu também não quero ser sua aprendiz! Estamos empatados!

Pssss!... Parece que já vai começar a sessão... Vou dar uns retoques mágicos na iluminação e na decoração para que tudo seja perfeito.

LOVE MAGIC DECORATION ACTION!

Até já!

Dia terrestre: 6 de junho, 19:30 horas
Contagem regressiva:
4:30 horas para o fim da missão

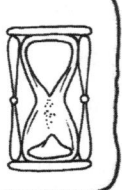

Sniff... Estou emocionada! Sniff... Os meninos estão fazendo tudo lindamente! Até a Jessica está perfeita no papel de princesa!... E a Emma está atuando maravilhosamente bem, em seu papel de donzela com medo de apaixonar-se por um príncipe. Snifff...

Por enquanto, tudo que aconteceu é que um príncipe muito lindo (Nick) chegou ao Reino do Leste, pois seus

pais o prometeram para a princesa desse país (Jessica) para perpetuar o reino.

Ao chegar, o príncipe confunde a donzela (Emma) com a princesa com a qual deve se casar e se apaixona à primeira vista. Passam os dias e os encontros entre o príncipe, que, por regra, não deve se encontrar com sua prometida até a primeira noite de Lua Nova, aumentam. A donzela também se sente cada vez mais atraída pelo príncipe, mas teme confessar que não é a verdadeira princesa.

Uma semana depois de se conhecerem, chega a Lua Nova e a donzela foge para o bosque ao saber que, ao cair da noite, acontecerá o banquete de boas-vindas, celebrado num baile de máscaras, no qual o príncipe conhecerá finalmente sua prometida e verdadeira princesa.

O príncipe descobre, poucas horas antes do banquete, que a garota que conheceu não é sua prometida. Porém, já é tarde, pois está profundamente apaixonado pela donzela e por isso decide romper o compromisso nessa mesma noite para procurar, por todo o reino, a jovem que lhe roubou o coração.

Os espiões da princesa descobrem tudo o que aconteceu e a princesa ordena a seu mais fiel cavaleiro que parta em busca da donzela e a mate, enquanto ela prepara a mais forte poção de amor para que o príncipe caia sob seu feitiço para sempre e esqueça a doce donzela. Só um beijo da donzela poderá despertar o príncipe e tirá-lo do encantamento.

MAS... A donzela escapará do seu perseguidor e, no palácio, a cena final de amor acontecerá!

Aiiii, já está começando o último ato!

Lá vem a cena do beijo...

Nick deu um beijinho na boche-cha de Emma, nos bastidores!

Uauuuuuuuu!

Hum... O que não entendo é porque a Jessica está sorrindo desse jeito... Peraí!... O que o professor de Literatura está fazendo nos bastidores?! Vou lá escutar:

— Meninos, acrescentamos um pouco de emoção ao final da peça! Esqueçam-se do roteiro. A Jessica me

disse que queria dar um pouco de efeito surpresa à obra e fez uma sugestão sensacional para o final! Sigam o texto que vai aparecer nas telas. Vocês vão ver umas pequenas mudanças.

— Mas... mas... — balbuciou Nick.

— Apenas sigam o texto, Nick, Emma... Vocês vão ver que divertido vai ser. Só precisam ler o texto que o menino do ponto vai projetar na cena final — disse Jessica, sorrindo maldosamente.

De quê ela está falando?! Como assim, eles têm que improvisar?! Mas é uma obra clássica! E se for algum plano da Jessica?... Nesse caso, óbvio que não será nada de bom...

Enfim, vamos ver o que acontece...

Tchau!

Dia terrestre: 6 de junho, 19:45 horas
Contagem regressiva:
4:15 horas para o fim da missão

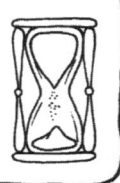

(A donzela Emma entra correndo no palácio. O príncipe Nick e a princesa Jessica estão abraçados no meio do palco.)

Princesa: — Bebei isto, meu príncipe, só assim ficareis curado...

Donzela (gritando, enquanto o príncipe molha os lábios na taça): — NÃÃOOO! Não tomeis esse veneno, meu senhor! A princesa é, na realidade, uma bruxa!

Príncipe (olhando a donzela, confuso, sem reconhe-cê-la):

— Não sei quem sois, nem como ousas dirigir-vos a mim desta forma! Retirai-vos daqui, criada!

Princesa (rindo maldosamente): — Acaso não o ouviste, donzela? Deixai-nos!

Donzela: — Nem pensar! Jamais! Prin-cesa, eu, diferente de vós, o amo! Príncipe, sou eu, vossa amada donzela, por favor! Não me reconheceis?

(Soluçando, joga-se nos braços do príncipe)

Príncipe (começando a voltar a si): — Vós... Sois vós...

Donzela (chorando de alegria): — Sim, meu se-nhor! Lembrai-vos de mim?

Príncipe (sorrindo e estreitando a donzela em seus braços): — Como poderia esquecer vossa pre-ciosa voz, vossos olhos sonhadores e vosso

doce sorriso? Oh, donzela, não me importa quem sois na realidade, porque eu... eu te am... (aproxima seus lábios dos da donzela)

Nesse momento, a princesa desaba ao chão, desmaiada, e entra, correndo, o lacaio do príncipe (mas espera um minuto! **Desde quando isso existia na peça?!** Agora era a hora do beijo e da declaração! **Que raios está acontecendo?!**).

Lacaio: — Nãããooo! Meu príncipe, não a beijeis! Enganai-vos de donzela!

Como assim "não"?! Mas se é isso que está na obra original! Isto não pode estar acontecendo!...

Príncipe (tão surpreso como eu, ainda não solta a donzela de seus braços): — Mas o que me dizeis, Lord Martigne?

Lacaio: — Digo-vos que a princesa, temerosa da beleza de sua donzela, a enfeitiçou para que se fizesse passar por ela. A que agora jaz no solo, semimorta, esperando um beijo vosso para reviver, é a verdadeira donzela. Salvai-a, príncipe, peço-vos! Dai-lhe o beijo de amor!

Mas tá todo mundo louco aqui?!

Como assim, beijar a Jessica?!
E... Isso não... Não será... Grrrrr
Foi tudo ideia dessa tipinha desprezível!...
Como raios ela conseguiu convencer
o professor?!

Príncipe (sem soltar a Emma): — Lord Martigne, isso é impossível. Esta donzela...

Lacaio: — Despertai, príncipe! Ajudar-vos-ei, pois uma vez já me salvastes a vida. GUARDAS, prendei a princesa feiticeira!

Na plateia ouvem-se muitas "Ohhhhh" e logo todos se calam de novo. Aparecem cinco garotos vestidos de guardas do palácio, dirigem-se à donzela e a prendem, afastando-a do príncipe. A donzela ainda tem lágrimas nos olhos.

Donzela: — Príncipe, NÃO! Que não vos engane!

EU sou vosso verdadeiro AMOR!

O príncipe, perplexo e triste, vê partir a donzela

O público retém a respiração: todo mundo espera o beijo...

Lacaio (implorando): — Príncipe, por favor, o tempo corre contra nós! Se não beijardes

agora a verdadeira donzela, ela morrerá! Não deixeis que as aparências vos afastem de vosso verdadeiro amor!...

Príncipe (hesita e olha para onde levaram a donzela, ajoelha-se ao lado da NOVA "falsa donzela Jessica". Olha para a tela onde o texto está projetado e declama): — Amor, que meu beijo vos desperte e devolva o bater de vosso coração...

JAMAIS PERMITIREI!

E, sem pensar duas vezes, antes que Nick esbarre sequer na bochecha da Jessica, faço um último feitiço, mesmo que já não vá resolver grande coisa. Levanto a mão em direção ao céu e recito: "Já que tua impura ambição por esse rapaz não podes largar, no lugar de um príncipe a um sapo beijarás". LOVE FROG DANCE ACTION!

Na mesma hora, o cenário começa a se encher de rãs e sapos que dançam. A plateia começa a gargalhar. Uma das rãs cai bem em cima dos lábios de Jessica. Ela berra, levanta e sai correndo do palco. Nick, sorrindo, se levanta também.

O público não entendeu a virada inesperada da história, mas todos aplaudem feito loucos, enquanto

comentam os incríveis efeitos especiais. O professor, sem acreditar no que vê, também aplaude e parabeniza Jessica pela ideia das rãs, enquanto ela continua correndo, histérica, tentando desembaraçar um sapo do cabelo. Pena que Emma não viu esse "estranho" final. Tenho certeza de que ela teria gostado de ver a Jessica nesse momento... Ha ha ha!

Emma, contudo, sem nem mesmo trocar de roupa, foi embora para casa, chorando desconsoladamente. Eu entendo... Se pudesse, iria com ela; pelo menos eu teria alguém a meu lado para poder chorar também...

Nick procura por ela, mas não a encontra. E, de qualquer jeito, ele não poderia ir atrás dela, pois é responsável pelos eventos esportivos do festival. Por outro lado, Jessica, histérica, vai levar um bom tempo no banheiro, onde suas amigas estão tentando, entre berros e gritos de nojo, tirar as rãs e os sapos que ainda cobrem suas roupas.

Estou totalmente impotente! Sei que eles se gostam, mas não fui capaz de provar isso, nem a eles, nem ao meu tutor!... Que será deles?...

Quanto a mim... Jamais poderei ter outra chance de conseguir asas! Já posso me despedir das minhas asas para sempre (e isso que nunca as tive!)! SNIFFF, SNIFFF!... Que será de mim?! Buááá... buááá... buááá

Estou chorando desconsoladamente!... Não sei o que posso fazer! Joel tinha razão, eu não quis escutar e agora... AGORA... Sou uma fracassada e nunca poderei ser um ANJO DO AMOR!

Desculpem por não continuar escrevendo... Só quero ir embora dormir e esquecer de tudo... Talvez ser uma secretária no Céu não seja tão terrível... Pelo menos quero acreditar nisso...

Bom, agora não quero mais pensar...

Boa noite a todos vocês, porque pra mim certamente não será...

> Dia terrestre: 8 de Junho, 13:00 horas
> Calendário celestial:
> 3ª era do milênio lunar

Sim, sei que dei um adeus definitivo, mas é que não consigo tirar os meninos da cabeça (e, cá entre nós, aqui nos escritórios do Nuvens Altas, todo mundo está tão concentrado em seu trabalho, que eles quase nem percebem que eu não estou fazendo o meu).

Como acabei aqui? Simples!

Ontem, à 00:01 hora, recebi uma notificação oficial comunicando-me que, por haver expirado o prazo da

prova e não ter conseguido o resultado determina-do pelo meu tutor em relação aos humanos, estava automaticamente desclassificada e, portanto, fora da Ordem do Amor. Nessa mesma carta me avisavam que eu deveria me apresentar o quanto antes na área da Grande Torre, onde me indicariam as tarefas que eu teria que realizar a partir desse momento.

Embora me permitissem ficar mais umas semanas nos dormitórios do instituto, preferi sair de lá o quanto antes para esquecer de tudo o que aconteceu.

Mas, lógico, ALGUÉM tinha que vir me esfregar na cara o fracasso (como sempre), antes que eu mudasse de setor.

Ontem de manhã, enquanto estava no meu quarto recolhendo minhas coisas, Joel apareceu:

— Posso entrar? — perguntou.

— Mesmo que eu diga que não, você vai entrar do mesmo jeito, né, Joel? — bufei.

— Hummm... Sabe que acho que é a primeira vez que você diz meu nome? Soa bem quando é dito por uma voz tão doce quanto a tua...

— E que importância tem isso? — respondi, resignada.

A esta altura ele já não consegue mais me tirar do sério! Ignoro-o solenemente!

— Escuta, Estela, sinto muito que você não tenha conseguido... Tinha grandes esperanças depositadas em você...

— Não me faça rir! Era óbvio, desde o primeiro momento, que você queria que eu falhasse! — disparei, com raiva.

— Hum... Sim... Isso é verdade.

— Como é que você tem a cara de pau de reconhecer, na minha cara?! Tenho pena dos teus futuros alunos!...

— Não sei por quê. Se eu torcia para que você falhasse é porque sabia que você não daria o braço a torcer e encontraria um jeito de resolver a situação. Mas me enganei sobre você: pensei que era como eu...

— Como você?! Jamais! Eu TENHO coração! Você, em compensação, parece que largou ele por aí... — sem me conter, acrescentei: — Ainda por cima me culpa por não ser como você queria que eu fosse!

— Não se engane: eu tenho coração SIM, pois em você eu via a mim mesmo, tempos atrás. Sabe que fui o único aluno, até agora, que passou pela prova da Ordem do Amor com um caso APS?...

Como eles nunca propõem essas provas APS, quis te colocar na mesma situação na qual eu estive, com uma missão APS, porque acreditei em você.

— Sim, claro, e por isso fui desclassificada! Oh, muito obrigada, você foi um grande tutor e me ajudou muito mesmo! Espero que da próxima vez você acredite um pouquinho menos nos teus alunos e lhes dê uma mão quando precisarem!

Estava brava de verdade. MUITO brava!

— Bom, é melhor eu ir embora... E não deixe teus novos superiores esperando, porque não pega bem largar o posto logo no primeiro dia. Já sabe qual seria o castigo...

— Que castigo pior haveria, do que ficar sem asas?!

— Deixar de lado tuas convicções e abandonar a luta pelo que acredita. Esse é o pior dos castigos, te digo por experiência...

E, depois de dizer isso, desapareceu.

Grrrrr... Mesmo depois de tudo o que aconteceu, ele conseguiu me perturbar, pois desde ontem não consigo esquecer a conversa que tivemos.

TRIIIIIIMMMMMM!

Ainda bem, chegou a hora do almoço. Vou subir ao mirante com um sanduíche. Ainda não devolvi o inter-comunicador de ver a Terra e quero me despedir do

Nick e da Emma. Pelo menos quero vê-los mais uma vez, desejar-lhes sorte e me despedir direito, mesmo que eles não possam me ver, nem ouvir.

Um abraço.

Dia terrestre: 8 de Junho, 20:30 horas

Calendário celestial:

3ª era do milênio lunar

Já sei, quando eu contar onde estou vocês vão pensar que estou doida... Mas o melhor de tudo é que eu sei que não fiquei, apenas estou fazendo o que devo fazer. As consequências de fazer o que estou prestes a fazer? A verdade é que, já que perdi as asas, o resto não me importa nem um pouco. Se me expulsarem do Nuvens Altas e me banirem para algum planeta longínquo e solitário, pra mim dá na mesma.

Acontece que, neste momento, estou desobedecendo

a todas as regras preestabelecidas no Céu, porque desci à Terra de novo!

Durante o almoço, quis me despedir dos garotos e o que eu vi partiu meu coração: agora eles nem mesmo se olham.

Pelo que ouvi o Kevin e a Sandra falando, tanto a Emma quanto o Nick, depois da peça, mal se viram e os dois estão muito estranhos. Imediatamente os localizei e os dois pareciam tão tristes que me deu vontade de chorar. Não só não havia conseguido uni-los, como, ainda por cima, parecia ter levantado um muro invisível entre eles. E isso eu não podia permitir! Sei que se amam; sei, desde a primeira vez que vi como se olhavam. E também sei que esse distanciamento só lhes trará tristeza

Então, largando o almoço pela metade, escapuli até as dependências da Ordem da Magia (não tendo asas e tendo sido reprovada, não seria capaz de viajar até a Terra e, muito menos, de realizar nem mesmo o menor dos feitiços) e "peguei emprestado" um potinho de pó mágico de estrelas para poder chegar lá. Bom, mas deixei um bilhete avisando que eu tinha "levado emprestado". Pelo menos não me escondi.

Ao chegar na vizinhança dos meninos, vi um cartaz que anunciava as festas do bairro: nessa mesma noite iam celebrar um festival de fogos de artifício. Eu precisava conseguir que eles fossem.

Só devia conseguir que estivessem os dois juntos e SOZINHOS. Finalmente percebi que meu erro tinha sido querer fazer as coisas complicadas demais, esquecendo que, no AMOR, às vezes só é necessário um

sorriso. Eu só tinha que levá-los até ali: o resto eles mesmos fariam (se eu não estivesse enganada).

Então, depois das aulas, segui o Nick e me transformei numa garota que distribuía os folhetos da festa. Dei um ao Nick e, sorrindo, lhe disse:

— Esta noite, na festa do bairro, vai ter um castelo de fogos de artifício, garoto! Não perca!

— Desculpe, o que disse? — ele respondeu, tirando os fones de ouvido para poder me escutar (eu devia ter me tocado que ele estava com fones... Ai... Como eu sou "desplugada"... T_T).

— Disse que esta noite tem o festival de fogos de artifício no parque. Um lugar ideal para olhar para as estrelas e curtir os fogos com quem você mais ama...

Nick avermelhou no ato e com um tímido "obrigado" pegou o folheto e foi embora rapidamente.

Ao chegar em casa, ele ficou olhando o telefone um bom tempo, até que, afinal, pegou o fone e ligou para a Emma

— É... Emma?

— Oi Nick... Diga... As lições?

— Não, hoje não. Escuta, Emma — fez uma pausa, como se tivesse vergonha de continuar falando e, então, despejou:

— Esta noite vai ter o festival de fogos no parque e pensei que seria legal se a gente fosse...

— Adoraria, Nick — respondeu Emma, timidamente.

— Sério?! — disse Nick, aliviado e com um grande sorriso estampado no rosto.

— Sim, claro... Mas tudo bem se você mesmo chamar o resto da turma? — perguntou Emma

— Bom... É que... Eu sei que sempre vamos com a turma toda... Mas desta vez eu gostaria que fôssemos só nós dois...

— Ah, tá... — respondeu Emma, nervosa

Aí decidiram a hora em que o Nick passaria para buscá-la e se despediram.

Estão vendo?! Eles mesmos encontraram o momento para ficarem sem ninguém por perto! Não é fantástico?!

Acabam de chegar no parque. Vou preparar uns fogos especiais de amor e me ocupar de ALGUÉM, a quem vi de longe e que, desta vez, não deixarei que se coloque no meio deles!

Logo conto como foi!

Até já!

Dia terrestre: 8 de Junho, 21:00 horas

Calendário celestial:

3ª era do milênio lunar

Não faz muitos dias, eu queria que a água da piscina engolisse aqueles fedelhos, he he... Mas hoje devo admitir que me ajudaram muito (embora tenham feito isso involuntariamente, é bom constar).

Explico: agora há pouco vi a Jessica zanzando pelo parque com seu grupo de amigas (e seguida por um séquito de admiradores) e, apesar de ela estar longe do lugar que o Nick e a Emma tinham escolhido para ver os fogos, não parei de tentar inventar um jeito para distraí-la durante o evento, que, aliás, estava quase começando.

Então, encontrei nos fedelhos minha ÚNICA salvação possível: acontece que Zês, Cabelo de Alcachofra e Ouriço também estavam no parque, naquele momento dedicando-se a jogar terra numas pobres menininhas (Grrrrr... Malditos moleques, será possível que não conseguem ficar quietos nunca?!).

Colocando-me atrás de umas árvores, me transformei em humana, mais especificamente em alguém que sempre atrai os garotos pequenos: uma vendedora ambulante de doces.

E, realmente, em menos de dois segundos eles pararam de jogar terra nas suas vítimas e correram para mim:

— Ei, vozê, dá um pirulito pra gente! — disse, berrando, o Zés, plantando-se na minha frente.

— Desculpa, pequeno, mas... Por que eu deveria fazer isso? Por acaso você tem dinheiro? — respondi, com meu melhor sorriso e a voz mais doce que pude conseguir. Eu tinha que dificultar a coisa ou o plano não funcionaria: iam levar os doces todos e me deixariam plantada.

— Não tenho, mas é teu dever fazer zorrir az crianzaz, como moztra teu uniforme.

Ouriço me olhou de alto a baixo e, dando uma cotovelada no Zés, disse:

— Ei, esta garota não é aquela da piscina?

— Claro que não, burro! Aquela era uma zalva-vidaz metida que ainda deve eztar totalmente molhada... ha ha ha ha! Ze a gente encontrar de novo aquela garota, a gente joga água nela outra vez, ha ha ha! Além do maiz, ezta aqui é maiz gatona...

Reconheço: nesse momento estive a ponto de perder o controle, quando lembrei do que eles tinham aprontado comigo... Mas tudo pelo Nick e a Emma e pelo triunfo do Amor! Por isso, sem deixar de sorrir, disse a eles:

— Olhem meninos, não sei com quem vocês estão me confundindo, mas é óbvio que se eu conhecesse uns garotos tão fofos como vocês eu lembraria.

— Se somos tão fofos, dá uns doces pra gente, né?

— disse, desafiante, Cabelo de Alcachofra, enquanto Zês e Ouriço se colocavam a seu lado, me afrontando.

— Tá bom — respondi, falando com voz melosa.

Ficaram tão pasmos diante da minha resposta inesperada (só queriam me perturbar, os pilantras!) que, quando lhes dei uma bala, engoliram sem nem piscar.

Então, Zês disse:

— Hum... Muito ezquizito... Ninguém dá a menor bola pra gente, nunca. Por que vozê zim? O que vozê quer da gente? Não tá querendo noz zequeztrar, não é?

Mantendo a compostura e a voz de mel, eu disse:

— Não, de jeito nenhum, jamais me passaria uma coisa dessas pela cabeça

Por favor, né?! Seria a última coisa que eu faria na minha vida de anjo! Já pensaram ficar todos os dias junto com este trio?!... Seria um castigo PIOR que perder as asas, incluindo ser expulsa e enviada a um planeta qualquer!

— Então...

— Olhem, garotos, é que eu precisaria que vocês me fizessem um favor... Claro que eu não acho que vocês teriam tempo... Embora seja uma pena, mesmo, porque se vocês me ajudassem eu lhes daria todos os doces

que tenho... — o plano estava em ação. Agora, eles só tinham que morder o anzol.

Rapidamente, Ouriço e Cabelo de Alcachofra grudaram no Zês e, afastando-se um pouco, ficaram considerando a oferta. Uns segundos mais tarde, Zês, cruzando os braços, com atitude de desafio, me disse:

— Zomoz teuz homenz. Diz o que vozê preciza: faremoz o que vozê quizer.

— Olha... Estão vendo aquela garota muito linda ali? — falei, apontando a Jessica.

— A de cabelo preto e de nariz empinado, a quem oz garotoz eztão perzeguindo?

Captou muito bem, fedelho!

— Sim... Sabem uma coisa? Ela é muuuito amiga

minha e acontece que está começando a aparecer numa novela da tv... Ainda não conhece quase ninguém, embora em breve será muito famosa... Mas precisa saber que tem FÃS para não desanimar, sabe como é...

— E o que você ganha com isso? — perguntou Ouriço.

— Nada, mas é que sou sua amiga e gostaria de levantar um pouco o astral dela... — menti, descaradamente.

— Deixa ver ze zaquei: trata-ze de fingir que a gente gozta dela, que adora ela e aí ficar atráz, "enchendo ela", zerto? Moleza... Zomoz craquez.

— Mas que garotos descolados vocês são! Olha só, aqui está metade dos doces!...

E lhes dei uma parte das guloseimas.

— Eiii! E a outra metade?! — perguntou Cabelo de Alcachofra, desconfiado.

Zês, olhando seu amigo reprovadoramente, respondeu, tentando fazer voz de mafioso:

— É óbvio! Quando acabarmoz o trabalho, certo, chefa?

— Exato! Encontrarei vocês atrás daquela árvore, mas vocês têm que distraí-la durante TODO o tempo que durarem os fogos, combinado? — Ao ver como Cabelo de Alcachofra olhava o resto dos doces, temi pelo pior, por isso falei logo: — E saibam que não vou deixar o resto dos doces ali até que vocês tenham terminado o trabalho... — pude ver a decepção estampada na cara de Cabelo de Alcachofra.

Mas olha só!... Tô certa que ele teria

contado seu "plano" aos outros e os três teriam se mandado com os doces sem fazer nada! Ainda bem que eu me adiantei!

— Perfeito, então... Vamoz lá... — e, antes de se afastar, Zês acrescentou: — Ó, zomoz teuz homenz para qualquer mizzão. Já zabe... Por um doze, fazemoz qualquer coiza... Maz na próxima vez, vozê vai ter que dar zorvetez também.

Minha nossa, se não são três negociantes perfeitos!...

Ufa, espero que NÃO haja próxima vez e, INFELIZMENTE, dificilmente esquecerei esse trio!

Mas a verdade é que tenho que reconhecer que fizeram tudo direitinho. Ri muito ao ver como, sem entender patavinas, Jessica tentava se livrar deles, enquanto o resto do grupo dela não conseguia deixar de

nir com. as palhaçadas dos fedelhos. E quanto mais ela tentava evitá-los, mais eles grudavam e mais chatos ficavam. Ha ha ha... Foi muito divertido.

Com a Jessica ocupada com os moleques, e a Emma e Nick, muito felizes, jantando num canto do parque, fui preparar meus fogos com tranquilidade.

Até daqui a pouco!

Dia terrestre: 8 de Junho, 21:30 horas

Calendário celestial:

3ª era do milênio lunar

Cronologia dos eventos, passo a passo:

Nick olha para o infinito e morre de vontade de finalmente falar com Emma. Já perdeu tempo demais pensando que tem que lhe dizer que gosta demais dela e que tem medo de perdê-la. Pega na mão dela enquanto começam a estourar os primeiros fogos no céu.

Emma ri, nervosa, e fica vermelha ao perceber que ele pegou na sua mão. Se ele soubesse o que significa pra ela esse pequeno gesto... Emma fica feliz porque

é noite e Nick não pode ver como suas bochechas estão vermelhas feito dois tomates. Ela gosta mesmo do Nick!

Por todo o parque se ouvem "Ohhhsss" de admiração: realmente são os melhores fogos que todo mundo ali já viu na vida. Nick chega mais perto da Emma, encostando seu braço no dela.

Escondida atrás de umas árvores, seguro o foguete final nas mãos e enquanto jogo o pó de estrelas mágicas, recito:

"Meus fogos com a Magia do Amor enfeitiçarei e, ao contemplar Emma e Nick, o verdadeiro amor se revelará!"

"LOVE ACTION FIREWORKS!"

Na mesma hora lanço o foguete que começa a subir até muito alto no céu e, quando já quase parece que vai chegar na lua, finalmente explode, formando um maravilhoso coração, que fica pulsando na escuridão durante alguns segundos.

Todo mundo aplaude, emocionado, e então Nick vira em direção a Emma, todo vermelho, e começa a dizer, chegando mais perto dela:

— Emma... eu... eu...

Emma o olha, muito nervosa e corada.

— Você não vai beijar a Emma, né?! — diz uma vozinha esganiçada.

Nick, de repente, se separa de Emma. Emma baixa a cabeça, resignada. Diante deles acaba de aparecer a

Jessica que, com as mãos na cintura, olha horrorizada a cena.

— Ah, vai, Nick, para de brincar com a coitada da Emma. Não fica dando falsas esperanças, quando você merece alguém melhor e muito mais bonita. Alguém assim como eu...

— Mas que monte de besteiras você está falando, Jessica?! — reage, Nick, obviamente irritado.

— Tenha dó, Nick, olha pra ela... Talvez seja uma boa menina, tudo bem... Mas não é pra você. Vai, para de perder tempo com ela e vamos tomar um sorvete, só nós dois...

Jessica se pendura no braço do Nick. Ele olha pro chão, apertando os punhos e diz, muito bravo:

— Me solta!

— O quê? — responde Jessica, surpresa.

— Tô dizendo pra me soltar, Jessica — e voltando a olhar para ela, acrescenta: — E vamos deixar uma coisa bem clara: com você eu não penso em ir pra lugar nenhum sozinhos, nem agora, nem nunca. Pensei que você era nossa amiga, mas parece que me enganei!

— Ai, Nick, não começa a ser dramático... Você já sabe que eu gosto de você e, além do mais, a Emma não liga, não é mesmo?

Emma, completamente vermelha, responde, sussurrando:

— Eu não...

Mas o Nick não deixa ela continuar:

— Já chega, Jessica. Pra você ficar saben- do, a Emma é maravilhosa, tanto por fora, quanto por dentro. Ela, diferente de você, é

uma BOA pessoa e me entende melhor do que ninguém. SIM, EU gosto DELA. E, sim, ia dar um beijo nela porque já faz muito tempo que eu devia ter feito isso e não queria voltar a me arrepender! Então, agora vai embora e deixa a gente a sós!

Jessica encara o Nick. Está muito brava e envergonhada, e se afasta gemendo e choramingando pela desfeita que ele lhe fez. Emma olha para o Nick com lágrimas nos olhos.

— Sinto muito, Emma, eu não queria te fazer chorar, mas é que não suporto que se metam com você...

— Você falou sério? — pergunta Emma, ainda meio insegura.

— Sim... Faz muito tempo que tento reunir coragem pra te dizer... Não te peço nada, só quero que você esteja a meu lado. Sem você eu me sinto vazio...

Emma se joga no pescoço do Nick. Ele pergunta, preocupado, o que está acontecendo.

— É que... Eu também... Eu também gosto de você...

Nick a abraça e vejo como pouco a pouco os rostos de ambos vão se aproximando um do outro, até que, finalmente, se beijam com ternura.

E eu, muito, mas muito feliz mesmo, e também muito satisfeita, me retiro (afinal, agora o momento é só deles). Olho pro céu, enquanto tento imaginar para qual planeta isolado vão me despachar...

Uma voz me tira dos meus pensamentos:

— Você não vai a lugar nenhum.

Suspiro.

— Joel, tudo bem, tanto faz. Eu fiz o que devia fazer.

Me viro e com um enorme sorriso no rosto lhe digo:

— Segui meu instinto. Naquele momento, tanto faziam as asas. Só queria ajudá-los... E acho que consegui. Pode me levar pra onde tiver que ser. Estou preparada: eles estão felizes e eu também.

— Bom, a verdade é que você não vai a lugar algum... — me diz Joel, também sorrindo.

— Como assim?! — exclamo, confusa. Eu não estava entendendo nada.

— Acontece que, apesar de você ter quebrado todas as regras e de que eu teria motivos pra te expulsar e

te enviar em missão a Marte como controladora das formações rochosas da região, eu estou orgulhoso de você e, na verdade, só vim te buscar para te levar à Cerimônia.

— Você, orgulhoso de mim?! Dá pra repetir? Além do mais, não entendi: que Cerimônia?

— A das TUAS ASAS, ora, qual mais?

— Mas... Mas eu... Eu... Desobedeci todas as regras e... E, além do mais, deixei meu posto de trabalho vazio e... E ainda roubei um pouco de pó de estrelas e... E...

— Segundo o bilhete que você deixou, você não "roubou", e sim, como você disse, "pegou emprestado"... Olha, Estela, você arriscou tudo, mesmo sabendo que o teu destino seria a expulsão. Não existe

castigo pior para nós, anjos... E, mesmo assim, você o fez para ajudar esses garotos APS a declararem seu amor. Aprendeu a lição: eles foram tua prioridade, mesmo você sabendo o que te aconteceria. E quem arrisca tudo por amor merece uma recompensa...

— Mas... Mas o tempo já estava esgotado e eu... Eu... Eu não mereço recompensa...

— Já te disse que você sacrificou o suficiente para redimir teus atos e, inclusive, para ganhar tuas merecidíssimas asas. Você quer ou eu as dou pro primeiro humano que passar?

— Cla... Claro que sim! — falei, jogando-me nos seus braços, supermegahiperemocionada.

GENTE, ALUCINEI!

NÃO PODIA ACREDITAR!

— Você não me odiava? — perguntou Joel, rindo.

— Sim, mas posso esquecer disso por uns minutinhos, né? — falei, dando-lhe um beijo de agradecimento na bochecha.

Não pretendo admitir (pelo menos não pra ele) mas seus conselhos eram muuuvito sábios e ainda que eu tenha antipatia a ele, estou tão contente com as minhas asas, que não consigo pensar em mais nada! Só tenho vontade de começar a trabalhar logo na Ordem do Amor!

Joel me dá uma despenteada, brincando, e, apesar de eu tentar me livrar dele, me leva em seus braços de volta para casa...

EPÍLOGO

Estela entra numa sala na qual se encontram os doze mestres dos Anjos do Amor.

No centro, encontra-se Joel e, à sua direita, está o Mestre Líder da Ordem, Mestre Daniel.

Estela dirige-se, muito séria, em sua direção.

Daniel sorri e pede que ela se ajoelhe.
E começa a Cerimônia:

— Jovem anjo, de nome Estela, repita comigo o juramento que te converterá, a partir de agora, num verdadeiro Guardião do Amor: "Eu, Estela, juro solenemente utilizar meu poder para aproximar os corações puros e renderei obediência a meus superiores, Mestres da Ordem. Com meu instinto e minha destreza, assentarei a semente entre aqueles que se amem verdadeiramente".

— "Eu, Estela, juro solenemente utilizar meu poder para aproximar os corações puros e renderei obediência a meus superiores, Mestres da Ordem. Com meu instinto e minha destreza, assentarei a semente entre aqueles que se amem verdadeiramente".

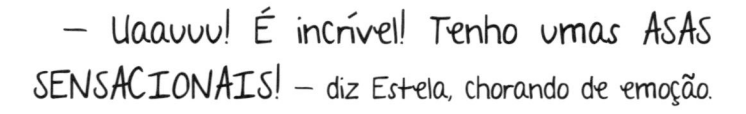

Pouco a pouco, umas asas enormes começam a emergir das costas de Estela.

— Uaauuu! É incrível! Tenho umas ASAS SENSACIONAIS! — diz Estela, chorando de emoção.

— Estela, querida jovem, amanhã mesmo terás tua primeira missão — continua o Mestre da Ordem.

— Fantástico! E quem vai ser meu companheiro? — responde Estela, superfeliz e animada.

— Pois, por expressa petição, será o anjo Joel, teu tutor.

— O QUÊEEEEEEEEEEEEE?!

— Não vai ser fácil ficar longe de mim, meu pequeno anjo — diz Joel, sorrindo.

Estela, emburrada, começa a discutir com Joel e ele apenas a olha, enquanto se dirige para fora da sala, divertindo-se e sabendo que, no fundo, acabarão se dando muito bem.

FIM

Stern & Jem

Criam vários projetos juntas já há alguns anos, mas finalmente resolveram levar este adiante. *Stern* é desenhista e leitora profissional de literatura infantil e juvenil, enquanto *Jem* é escritora e jornalista. Nas horas de folga, *Stern* prepara deliciosos cupcakes e não consegue parar de criar aliens n'*Os Sims*. Ah, sim! Também adora gatos e os gatos a adoram. Já *Jem* prefere os cachorros (especialmente se forem vira-latas), dormir muito e ficar o dia inteiro grudada no celular. As duas amigas são fãs de mangá.

Juntas publicaram a HQ *Mayumi Ganbatte* (Megara Ediciones) e *Jem*, por sua vez, também publicou *Em dic Laia* (Estrella Polar). Enquanto preparam as novas aventuras do *Diário de Estela*, elas escreveram uma carta para você!

Olá a tod@s!

Obrigada por comprar este livro e por lê-lo. Somos *Stern & Jem*, as cronistas oficiais da Estela. Ela nos visita toda hora e nos sussurra suas histórias e, enquanto *Stern* lhes dá forma, *Jem* lhes dá voz. Ficamos muito felizes que você tenha este livro em suas mãos! E adoraríamos saber o que você achou e receber suas opiniões ou perguntas para Estela, às quais responderemos sempre que for possível.

Ah! E se você gostou da aventura da Estela, em breve vai poder curtir suas novas e divertidas aventuras e descobrir quais novas missões e desafios a esperam, agora que ela já é um Anjo do Amor. Portanto, já sabe: se quiser entrar em contato com a gente e descobrir todos os segredos da Estela...

Visite-nos em www.diariodeestela.es

Beijos de nuvem e abraços de anjo,

Stern & Jem